集英社オレンジ文庫

探偵はときどきハードボイルド

かたやま和華

本書は書き下ろしです。

探偵はときどきハードボイルド

Content

第一話

探偵、ハシビロコウと出会う

ブロック塀《べい》に使われる透かしブロックには、結構な数のデザインがあるらしい。

以前、深夜番組で愛好家が紹介しているのを聞いてから、天満桃芳《あんみつももよし》は町内の透かしブロックを意識して見るようになった。どれも同じかと思っていたら、大間違いだった。

菱形《ひしがた》や台形、V字といった無機質な透かしから、青海波《せいがいは》や松竹梅をモチーフにしたかのような透かしまで、あるわ、あるわ、実に奥が深い。

「それもこれも、あと数年もしたら、みんな無くなっちまうんだろうね」

ブロック塀は昭和の残り香だ。地震で倒壊する恐れがあるため、新しい土地計画では使用が制限されていた。

桃芳はつと足を止め、目深《まぶか》に被っていた中折れ帽のブリムを親指で軽く持ち上げた。

区画整理事業で道幅が広くなった都電荒川線沿いの通りからは、有名建築家がデザイン監修したという超高層マンションと一体型の区役所がよく見えた。

「あそこ、オレんち」

そんなわけない。

「宝くじに当たったら、オレんちにする」

夢はでっかく、ガム風船もでっかく。

桃芳は噛《か》んでいたガムを大きく膨《ふく》らませた。

プウ……。

ちょうどそのとき、早稲田《わせだ》行のチンチン電車とすれ違い、車窓越しに小さな子どもと目が合った。

……パチン！

ガム風船が破裂し、子どもを乗せたチンチン電車はあっという間に遠ざかって行った。

「やだね、夢が弾けたみたいで」

桃芳は鼻の頭と顎《あご》にくっついたガムを指先で引っぺがして、また口の中に戻した。

「あーあ、年末ジャンボ当たんないかね」

ぶつぶつ言いながら、モッズコートのポケットに両手を突っ込んで狭い路地へ向かって足を踏み出す。

ここ雑司《ぞうし》が谷界隈《やかいわい》は、ビッグターミナル池袋まで目と鼻の先という立地にありながら、町のそこここに昭和の残り香をほんのりと感じられるノスタルジックな住宅街だ。都電、霊園、暗渠《あんきょ》、宣教師館、鬼子母神などなど、界隈の魅力を挙げたらキリがない。

その一方で、宝くじに当たったら桃芳が『オレんち』にする予定の超高層建築だったり、リノベーション住宅、リノベーションカフェといった時代に見合った新しい風もきちんと吹いている。

懐かしさと新しさが混在する、いわば汽水域《きすいいき》みたいな町、それが雑司が谷なのだと桃芳は思っていた。

桃芳は、そんな汽水域みたいな町のプライベートアイだ。

中折れ帽の下の切れ長の目は、抜かりなく路地の様子をうかがっていた。町のわずかな差分に目を配ることが、桃芳の仕事だからだ。

桃芳は竹モチーフの透かしブロックが入ったブロック塀の家の前までやってくると、再びガムを膨らませた。門扉《もんぴ》が全開になっていて、前庭に置かれた鉢植《はちう》えのフユサンゴのオレンジ色をした実が目を引いた。

桃芳は路地に人気《ひとけ》がないことを確認してから、前庭へと身体を滑り込ませた。引き違いの玄関扉の脇にはカメラ付きインターホンが設置されているが、ドンドン、とあえて大きな音を立てて磨りガラスの入った格子戸《こうしど》を叩いた。

すると、すぐに磨りガラス越しに人影が近寄るのが見え、

「山！」

と、中から家主に問われた。

「川」

と、桃芳は応じた。しかし、

「声が小さい！」

と、家主に怒鳴り返されたので、桃芳はポケットからいつのだかわからないレシートを探り当ててガムを吐き出してから、

「か！　わ！」

と、大声を張り上げた。

合言葉の符号を確認して初めて、家主が引き違いの玄関扉を開く。

「はい、いらっしゃい。桃さん」

家主は、年の割に姿勢のピンと伸びた高齢女性だ。

「どーも、溝口《みぞぐち》さん。あのね、合言葉ってのは小声で言い交わすものなんだよね。あんな大声じゃ、周囲に丸聞こえでしょ」

「うちのご近所さんに悪い人はいないよ」

「ご近所さんに悪い人はいなくても、悪い人がご近所をうろついてるってことはあるかもしれないでしょ」

「あるかね、そんなこと」

「あるのよ、そういうこと」

溝口木綿子《ゆうこ》、昭和一桁《けた》生まれの御年八十九歳。

「あとね、溝口さん、門扉閉め忘れてたからね。不用心だからね」

「閉め忘れたんじゃないよ、開けといたんだよ。桃さんがそろそろ来ると思ってさ」

「ダメダメ、次からちゃんと閉めて。ここ、表通りほど人の目がないから、ヘンな輩《やから》が庭に入り込んで、ブロック塀の陰で身を潜めててもわかんないからね」

「ヘンな輩なんて、この町にはいないよ」

「だから、この町にヘンな輩はいなくても、ヘンな輩がこの町にやって来るってことはあるかもしれないでしょ」

「ないって」

「あるって」

「だって、この町には桃さんがいるじゃないのさ」

そう言って、木綿子がしわしわの手で桃芳の肩を叩いた。

「なんたって、桃さんはこの町のプライバシーアイだもんね」

「プライベートアイ、ね」

プライバシーを見守る、という意味では、あながち間違ってはいないかもしれない。

「頼りにしてるよ、探偵さん」

「そりゃどーも」

オレは町のプライベートアイ、つまりは私立探偵だ。

桃芳は右手で中折れ帽をつまんで胸もとにあてがい、おどけた仕草で木綿子におじぎをしてみせた。モッズコートの下は細身のダークスーツに、黒系のナロータイという出で立ちで、髪はくるくるパーマ。

桃芳のお手本は、昭和のテレビドラマに出てくる探偵たちだ。型破りでアウトローな生きざまに憧れて、この稼業《かぎょう》に就いた。

探偵の日常は、実にスリリングだ。

真夜中に埠頭《ふとう》の倉庫で、反社会的勢力同士がアタッシュケースを真ん中にしてガバメントを突きつけ合っている現場に居合わせたり、お色気美女をボディーガードしているつもりが、お色気美女に命を狙われることになったり、一見ふつうのおっちゃんやおばちゃんが情報屋だったり。

「桃さん、これ」

スッ、と木綿子が白い紙切れを差し出した。

桃芳はそれを無言で受け取り、書かれている内容を確認した。

「木綿豆腐、豚バラ肉、ショウガ……」

これも何かの合言葉、ではなく。

「……ゴボウ、こんにゃく。溝口さん、今夜は豚汁？」

「寒くなってきたからね。多めに作るから、桃さんにもお裾分《すそわ》けするよ」

「いつもどーも。今日のおつかいはこれだけでいいの？」

「手が空いてたら、甲本《こうもと》さんのところにも寄ってもらっていいかね。染み抜きをお願いした名古屋帯が、もうできてると思うんだよ」

「クリーニング屋さんね、りょーかい」

ちの日常だった。

おつかいのメモ、なのである。

ドンパチもあれば、カーチェイスもある。それが昭和のテレビドラマに出てくる探偵た

それから三十年以上が経ち、

「悪いね、探偵さんにおつかいの代行なんてさせちゃって」

「なんの。オレは金で雇われる町の犬だから」

「探偵さんって、なんでも屋さんなんだね」

「そうよ。迷子のペットさがしから、買い物、なんなら墓参りの代行まで、町の困りごとになんでも首を突っ込むのが天満桃芳探偵事務所だから」

これが令和の探偵の現実。

「『コンプライアンスや昭和は遠くなりにけり』だから」

字余り。

「桃さんがこの町にいる限り、あたしら年寄りは安心して長生きできるよ。防犯に合言葉を使うのだって、さすが目のつけどころが探偵さんだよね」

「違うのよ。合言葉はね、玄関で使うんじゃなくて、電話のときに使ってほしいのよ。家族で決めておけば、電話口で息子とか騙《かた》る詐欺《さぎ》に引っかかることもないでしょ」

「あたしは子どもがいないから、その点、心配はいらないよ。母さん助けて詐欺になんか、

ひっかかりゃしないよ」

　木綿子は、元は花柳界《かりゅうかい》の人間だ。数年前に足を悪くするまでは現役の芸者として、政界や経済界の大物の座敷によく呼ばれていたという。

　生涯《しょうがい》独身を貫き、子どもはいない。親戚《しんせき》筋もみんな先立ってしまっているため、今はこうして桃芳が依頼を受けて暮らしのあれこれを手伝っていた。

「そうそう、電話っていえば、さっきデパートから電話がかかってきたよ」

「デパートから？」

「あたし名義のクレジットカードが悪用されてるみたいなんだよね。サイドボードの上のお財布を確認したけど、クレジットカードは盗まれちゃいないよ。銀行のキャッシュカードもちゃんとあるんだけどさ」

「えっ、それってひょっとして」

　このパターン、桃芳はすぐにピンと来た。

「デパートの人が言うには、誰かが勝手にあたし名義のクレジットカードを作ったんじゃないかって。このままだと、銀行のキャッシュカードも悪用されるかもしれないから、キャッシュカードを新しくする手続きをしてくれって言うじゃないのさ」

　この流れ、ビンゴ。しかし、木綿子は〝デパートの人〟の話を完全に信じ切っているようだった。

「もうびっくりしちゃって、デパートの人が教えてくれた銀行協会っていうところに、すぐに電話をかけたよ」

「マジか、電話しちゃったか」

「そりゃそうさ、悪用されるかもしれないんだから急がないと」

「まさかとは思うけど、暗証番号教えたりなんてことは」

「教えたよ。その方が早く処理できるって言うからさ」

「マジか、教えちゃったか」

桃芳は脱力して、土間にしゃがみ込んだ。

「でも、安心して、桃さん。たまたま近くに外回りの人がいるらしくて、家まで来て手続きしてくれるって。デパートの人も、銀行協会の人も、いい人でよかったよ」

「いやいや、ゼンゼン安心できないし、いい人でもなんでもないし」

どう聞いても、特殊詐欺の手口そのまんまだし。

「ええ？　なんだい、桃さん？」

「や、待て待て、逆にオレがいるときでよかったんじゃないの？　うん、オレは町のプライベートアイなんだから。探偵なんだから」

桃芳は自分に言い聞かせるように独りごちて、頭をフル回転で働かせた。

「溝口さん、その電話がかかってきたのって、どれくらい前の話？」

「そうだね、三十分くらい前かね」

「ってことは、そろそろ来るな」

今から警察を呼んでも間に合わない。

警官が木綿子の家に出入りするところを万が一にも〝なんとか協会の人〟に見られようものなら、とんずらされるだけだ。まだ何も被害に遭《あ》っていないのだから、とんずらされても別に構わないといえば構わないのだが、そういう輩を野放しにしておくのは探偵として癪《しゃく》だった。

桃芳はモッズコートのポケットに片手を突っ込み、先ほど吐き出したガムのゴミをぐっと握りしめた。

「あのね、溝口さん、落ち着いて聞いてね。これから来るなんとか協会の人って、それたぶん、受け子なんだわ」

「受け子……」

「特殊詐欺集団の、現金なんかを受け取る役」

「特殊詐欺……」

一拍おいてから、木綿子がやさしい笑みを浮かべて言った。

「桃さんは探偵さんだもんね。商売柄、人を見たら泥棒と思えってのはわかるよ。だけどさ、そんな風に誰も彼も疑ってかかるのは、あんまりにもさもしいじゃないのさ」

「マジか、オレさもしいのか」

「佐藤さんと鈴木さんは悪い人じゃないよ」

「誰よ、佐藤さんと鈴木さんって」

「デパートの人と、銀行協会の人。これから来てくれる人は、高橋さん」

「それって全国苗字ランキングの一、二、三位でしょ」

「高橋さんだって悪い人のはずないよ。銀行協会の身分証を持ってるって、鈴木さんが言ってたもの」

要するに、佐藤と鈴木はターゲットに電話をかける役の掛け子というわけだ。

特殊詐欺集団にはそれぞれ細かく役割があって、手に入れたキャッシュカードを使って銀行から預金を下ろす役は、出し子と呼ばれる。受け子と出し子は同じ輩が兼務している場合もあり、犯罪行為という意識のないまま、学生やフリーターがアルバイト感覚で手を染めているパターンも少なくない。

「うん、わかった。佐藤さん、鈴木さん、高橋さんはいい人。それでいいから、ちょっと上がってもいい？」

「いいけど、おつかいは？」

「うんうん、おつかいもあとで行くから」

問答している時間が惜しいので、桃芳は脱いだサイドゴアブーツを抱えて半ば強引に木綿子の家に押し入った。

間取りは頭に入っているので、玄関を上がってすぐのところにある居間に迷わず身を隠した。師走《しわす》の西日が差し込む居間は、少し暑いくらいに暖房が効いていた。

こたつの上には竹籠《たけかご》に積んだみかんの山と、新聞、鉛筆、クロスワードパズルの雑誌、テレビのリモコン。壁際には日に焼けたこけしや年代物のウイスキーが並んでいるサイドボードがあり、その上にキャッシュカードが二枚出してあった。

「あのね、溝口さん。高橋さんが来たら、このキャッシュカードをああしろ、こうしろって指示されると思うけど、とりあえず言われたとおりにやってみて」

「そうするよ。キャッシュカードを悪用されたら困るもの」

「オレはその一部始終を、ここから見守ってるから」

「せっかくだから、桃さんも立ち会っておくれよ」

「そうしたいのはヤマヤマなんだけどね、ほら、〝いい人〟の高橋さんの前に探偵なんて浮き草稼業《かぎょう》の男がひょっこり現れたら、びっくりしちゃうでしょ」

「そんなもんかね」

「そんなもんなのよ。だから、オレがいるってことは高橋さんに言わないようにね」

そう言って、桃芳が口の前で人差し指を立てたところで、ピンポーン、とインターホンのチャイムが鳴った。

「来やがったな」

「高橋さんかね」

そわそわする木綿子の背後から顔だけ出して玄関を確認すると、磨りガラス越しにひょろりと背の高そうな人影が見えていた。

「高橋さんだね。それじゃ、溝口さん、あとは任せたからね」

桃芳はサイドボードの上のキャッシュカード二枚を木綿子の手に握らせ、背中を押して玄関へと送り出した。

同時に、ダークスーツの内ポケットからスマートフォンを取り出して、カメラを立ち上げた。犯行の一部始終を動画に記録し、動かぬ証拠とするためだ。

「令和の探偵の基本は、一にコンプライアンス」

法令遵守《じゅんしゅ》で社会の枠組みから外れない立ち位置で、証拠取り。

桃芳は録画状態のスマートフォンを壁から差し出し、高橋の顔をカメラで押さえた。

「こんにちは、溝口さんですね。わたし、銀行協会の高橋陽太《ようた》と言います。これが身分証です。ご確認ください」

首から下げたカードホルダーを木綿子に見せている高橋は、まだ二十歳《はたち》そこそこの若い男だった。髪型はツーブロックで、首のサイズの合っていないゆるゆるのワイシャツと安っぽいスーツを着込み、ダッフルコートを羽織《はお》っていた。

「高橋、ひとんチ訪問するときはコートは脱ぎなさいよ」

と、桃芳は自分もモッズコートを着込んだままであることを棚《たな》に上げて、小声で高橋にケチをつけた。

「しかも、肩から提げたエコバッグに長ネギ刺さってるし」

高橋は右手にビジネスバッグを持ち、左の肩からは長ネギの入った濃紺《のうこん》のエコバッグを提げていた。その一風変わった姿に、木綿子が不思議そうに問いかける声がした。

「高橋さん、そのエコバッグはおつかい帰り?」

「ええ、そうなんです。わたしたち銀行協会では、外出するのが難しいおじいさんやおばあさんの年金の出し入れなんかを手伝っていますので、そのついでに買い物を頼まれることもあるんです」

ウソだ。銀行協会が年金の出し入れを手伝うことはないし、買い物を頼まれることもない。若い男が似合わないスーツ姿で住宅地をうろつくと目立つので、地元民を装うためにエコバッグを提げて歩く輩《やから》がいると、ずいぶん前に全国ニュースになっていた。

「だいたい、高橋の言葉遣い、おかしいでしょ」

見た目も言葉使いも、歴とした社会人でないことは一目瞭然。

それなのに、木綿子はこれっぽっちも疑おうとしない。

「おつかいの代行もしてくれるなんて、銀行協会の人も探偵さんと変わらないんだね」

「えっ、探偵?」

高橋がわかりやすく頰《ほお》をひきつらせた。

木綿子は元芸者だけあって、ひとの顔色を読むのには長《た》けている。

ここで、ようやく高橋を疑う……かと思いきや、木綿子は桃芳に言われた『探偵なんて浮き草稼業の男がひょっこり現れたら、びっくりしちゃうでしょ』という言葉の方を思い出したようだった。

「いいや、なんでもないよ。びっくりすることはないよ。この家にはあたしひとりしかいないからね」

木綿子がやや強引に話題を変えた。

「それより、キャッシュカードを新しくする手続きってのは、どうしたらいいんだい」

「ああ、そうですね。溝口さんが持っている悪用されているかもしれないキャッシュカードは、お電話では二枚ということでしたけど、それでよろしかったですか?」

「ああ、間違いないよ。この二枚」

木綿子が躊躇なく、二枚のキャッシュカードを高橋に差し出した。

高橋の説明が当初の『悪用されるかもしれない』キャッシュカードから、『悪用されているかもしれない』キャッシュカードに表現が変わっていることに、木綿子は気付いていないようだった。小さなことがいちいち気になるのが探偵だ。

単純に高橋がセリフを言い間違えただけかもしれないが、『されている』と現在進行形の表現になったことで、余計に不安を煽《あお》っているように桃芳には聞こえた。

高橋は受け取ったカードの表と裏を確認する素振りを見せたあと、ビジネスバッグから取り出した茶封筒に二枚をしまい込んだ。

「では、新しいキャッシュカードが届くまで、悪用されているかもしれないキャッシュカードは、この封筒に入れて溝口さんの方で厳重に保管しておいてください」

「あたしが保管しとくんだね」

「はい。封筒に割り印をしてほしいので、印鑑ってありますか？　わたしが封筒を持っていますので、取って来てもらえますか？」

「ちょいとお待ちを。足が悪いもんでね、すまないね」

「いえ、慌てて転ばないように」

白々しい労《いたわ》りの言葉に桃芳は舌打ちしたが、木綿子は高橋に気遣われたことがうれしかったようで、満面の笑みになっていた。

その笑みのまま、壁伝いに居間に戻ってきた木綿子が桃芳に目配せをした。『ほら、悪い人じゃなかっただろう』とでも言っているのかもしれない。

木綿子が居間を突っ切り、隣の仏間へと入って行った。お年寄りあるあるで、仏壇《ぶつだん》の引き出しに印鑑をしまっているのだろう。

木綿子がごそごそと音を立てて印鑑をさがしている間、玄関にひとりきりになった高橋の姿を桃芳はズームで拡大して録画し続けた。

「令和の探偵の基本は、一にもコンプライアンス」

高橋が受け子の仕事をするとしたら、木綿子の気配が遠のいた今しかない。

桃芳は決定的な証拠となる〝その時〟を見逃さないように、息を詰めた。

その時は、すぐにやって来た。

高橋が木綿子のキャッシュカードが入った茶封筒をエコバッグにしまい込み、代わりに、ビジネスバッグから別の茶封筒を取り出したのだ。

「やった！」

見た目が同じ茶封筒なので紛らわしいが、今、間違いなく封筒をすり替えた。これがキャッシュカードすり替え詐欺《さぎ》の手口だった。

「やりやがった！」

桃芳はカラカラに乾いたくちびるをベロリと舐《な》めて、ここから探偵としてどう動くべきかを思案した。

「ラリアットのひとつでも決めて、高橋の身柄を拘束するか」

しかし、高橋が拳銃を隠し持っていたら？

住宅街で発砲し、仲間の車で逃走。それをオレは盗んだバイクで追いかけ、パトカーを巻き込んでのカーチェイス。

「や、ないない」

昭和のテレビドラマじゃあるまいし。

むしろ、桃芳が気を付けなければならないのは、ラリアットなんか決めて万が一にも高橋を怪我させてしまったら、のちのち面倒を背負い込み兼ねないということだ。無罪請負人みたいな弁護士が乗り出してきて、あのときのあれは過剰《かじょう》な暴力だったと因縁をつけられることのないように、慎重に行動しなくてはならない。

「令和の探偵の基本は、三、四がなくて五もコンプライアンスだから」

昭和が遠くなった今、一億総法令遵守社会だ。探偵業法違反で行政処分を受けようものなら、事務所をやっていけなくなる。

「おっかない、借金返せなくなる」

震え上がる桃芳を尻目に、木綿子が印鑑を手に玄関へ戻って行った。

まんまと茶封筒をすり替えられているとも知らず、木綿子は割り印を済ませると、高橋に何度も頭を下げていた。

特殊詐欺集団は、こういうお年寄りの姿に胸が痛くなったりしないのだろうか。

祖父母に育てられた桃芳はおじいちゃん子であり、おばあちゃん子でもあるため、お年寄りを苦しめる輩が心底許せなかった。

「ありがとう、助かったよ。高橋さん」

「手続きが早く済んでよかったです。新しいカードが届くまで、この封筒は絶対に開けないでください」

「わかったよ、仏壇にしまっておくよ」

訪問からここまでで、時間にして五分もかかっていない。

仕事を済ませた高橋は長ネギの入った濃紺のエコバッグを肩にかけ直すと、さっさと木綿子のもとを去って行った。

桃芳は動画を撮影したまま、すぐさま木綿子のもとに駆け寄った。

「溝口さん、その茶封筒、カメラの前で開けてみて」

「えっ、何言ってんだい。これは仏壇にしまっておくんだよ」

「いいから、早く開けて。中身を確認して」

抱えていたサイドゴアブーツを土間に放り投げて、桃芳は木綿子を急《せ》かした。その口ぶりと血相に気圧されたか、木綿子が渋々と割り印をした茶封筒を開いた。

「えっ。なんだい、これ」

「だよね、やっぱりね」

「どういうことだい、あたしが入れたキャッシュカードじゃないよ。知らない会員証とポイントカードが入ってるよ」

　桃芳は茶封筒から出てきた会員証とポイントカードを動画にしっかり収めてから、スマートフォンをダークスーツの内ポケットにしまった。

「溝口さんが印鑑を取りに行くんで玄関を離れた隙《すき》に、高橋が茶封筒ごとキャッシュカードをすり替えたんだよ」

「ええっ」

「だから、言ったでしょ。高橋は特殊詐欺集団の受け子だって」

「そんな、あたしはどうすりゃいいのさ」

「すぐに警察を呼んで。大丈夫、証拠なら動画に押さえてあるから」

　内ポケットのスマートフォンを叩きながら、桃芳は土間の隅々を見て回った。

「ないな、よし」

　土間からあるものがなくなっていることを確認し、サイドゴアブーツを履《は》く。

「溝口さん、オレ、ちょっくら高橋のあとを尾《つ》けてみるから」

「追っかける気かね？　やめときなよ、危ないことはしないでおくれよ」

「オレは町のプライベートアイ、探偵だよ」

「それじゃ、せめて切り火を」

　木綿子が居間の神棚《かみだな》まで火打ち石を取りに行くのをじれったく思いながらも、桃芳はおとなしく玄関で待った。

火には厄除《やくよ》けや験担《げんかつ》ぎの力があるとされているので、むかしは外出の際に火打ち石で切り火をして送り出す習慣があった。令和の時代にやっている人はもはや絶滅危惧種だろうが、花柳界にいた木綿子はそうしたしきたりへの信心が強かった。

足を引きずって戻って来た木綿子が、粋なしぐさで火打ち石を打った。

「お気張りなさいな」

「はいよ」

時代劇の親分になった気分だ。

桃芳は軽く手を挙げて、北風の吹きすさぶ町へと勢いよく飛び出したのだった。

桃芳が小走りで狭い路地からそれなりに往来のある表通りに出たときには、もうどこにも高橋の姿はなかった。道の端では、落ち葉が北風にもてあそばれていた。

「この道を右に行けば、池袋方面。左に行けば、副都心線の雑司が谷駅。もしくは、都電の鬼子母神前停留場」

右か、左か、桃芳は考えるまでもなく、右の池袋方面を目指した。

木を隠すなら森の中というように、後ろ暗いことをしている輩《やから》はたいてい人混みを選んで逃走する。それに池袋に出れば、各種銀行のＡＴＭがある。

高橋が受け子兼、出し子なら、まっ先に銀行へ向かうはずだ。仮に出し子が別にいたとしても、池袋のようなターミナル駅がブツの受け渡し場所になっている可能性は高いと思われた。

「まだ、それほど遠くに行っちゃいないはずなんだけどな」

声に出すなり、前方に長ネギの入った濃紺《のうこん》のエコバッグを持つ高橋の背中を捉えることができた。

「お、いたいた」

木綿子の家で見たときは一風変わった姿に見えたが、町内を歩いている分には意外にも、長ネギもエコバッグもさほど違和感がなかった。

「考えたもんだね」

桃芳は付かず離れずの距離を保ち、高橋の尾行を開始した。

高橋は背後を気にしたり、立ち止まって方向を確認したりするようなこともなく、落ち着いた様子でまっすぐ池袋駅方面へ向かっていた。

「土地勘があんのかね」

それとも、来るときに使ったルートを逆にたどっているのか。

探偵の勘だと、なんとなく後者の気がした。地図アプリが池袋～雑司が谷の最短コースとして紹介したルートを、必死にたどっているようだった。

桃芳はダークスーツの内ポケットから新しいガムを取り出し、口の中に放り込んだ。ガムは集中力を高めるのにちょうどいい。捨てるのが面倒だとかで、最近はガム離れが著しいそうだが、包みをポケットにしまっておけばいいだけの話だ。

なんていうことを考えていると、

「あー、名たんていももよしだー」

「名たんていみっけー、ももよしみっけー」

と、急に甲高《かんだか》い声に名指しされ、桃芳はギョッとした。間の悪いことに、ランドセルを背負った男子児童の下校グループに出くわしてしまった。

「ももよし、なにしてんのー?」

「名たんていのくせにひまなのー?」

桃芳は地域貢献活動の一環として、近隣の小学校で定期的に防犯対策の講習会を開いている。現役の探偵による講習会は毎回、好評を博しており、桃芳は児童たちから絶大な人気があった。

「シーッ。小学生、大声を出さないの。あと名探偵ってのはやめるようにね、なんかどっかの人気マンガみたいだからね」

桃芳は早口でまくしたてて、電柱の陰に身を隠そうとした。

が、遅かった。小学生のにぎやかな声が聞こえたらしい高橋が数百メートル先で立ち止まり、今まさに肩越しに振り返ろうとしているところだった。

バッチリ、後ろを向いた高橋と目が合ってしまった。

「やっべ」

桃芳が声に出すと同時に、高橋が両腕を振って走り出した。

「ちょいちょい！　なんで逃げんの！」

釣られて、桃芳も走りだした。さらに釣られて、小学生がぞろぞろと後ろをついて来ようとしたので、

「ダメ、小学生！　寄り道しないでまっすぐ家に帰んな！　でもって、帰ったら手洗いうがいを忘れんなよ！」

と、追い払うようにシッシッと手を振った。

そうこうしている間にも高橋の背中はぐんぐんと小さくなっていき、鬼子母神堂近くで右手の通りへと向かって背中がふつっと消えた。

「逃げ足はっや」

あとを追う桃芳が一拍遅れで角を右に曲がると、

「おっと」

通りの真ん中で、若い男ふたりが向きあって地面に尻餅《しりもち》をついていた。

「おいおい、大丈夫か？」

桃芳はふたりを交互に見た。ひとりは高橋で、もうひとりはふわふわした猫っ毛とくっきり二重《ふたえ》がかわいらしい少年だった。

「あー、クッソ」

と、高橋が本性をむき出しにして声を荒らげた。

ふたりのそばには、長ネギの入った濃紺のエコバッグがふたつ落ちていた。

察するに、こちらから来た高橋と、あちらから来た少年が出会い頭にぶつかったものと思われる。尻餅をつくぐらいだから相当な衝撃があったはずだが、ざっと見たところ、ふたりに流血は見られなかった。

「クソガキが、前見て歩けや！」

高橋が捨て台詞を吐き、手もとのエコバッグを抱きかかえて再び走りだした。

「いやいや、高橋、お前こそ前を見て曲がれや」

桃芳はツッコミを入れただけで、もう高橋を追うことはしなかった。

この先は池袋駅に続く目抜き通りになっているため、人通りが格段に増える。深追いして、またこうして一般人を巻き込むことになっては一大事だと判断した。

「立てるか、少年」

呆然《ぼうぜん》と尻餅をついたままで動かない少年に、桃芳は手を差し伸べた。

けれども、少年は立ち上がろうとはせず、くっきり二重に縁取られた視線だけを桃芳に向けてぶっきらぼうに言った。

「……せん」

「は?」

「おれは少年じゃありません。クソガキでもないです。二十四歳です」

「二十四……」

ふわふわ猫っ毛のせいなのか、くっきり二重のせいなのか、青年は紅顔《こうがん》の美少年にしか見えなかった。いわゆる、芸能人で言うところの犬顔男子というヤツだ。

やや間があったのち、青年が桃芳の手を取ることなく、自力で立ち上がった。黒いスキニーパンツにグレーのトレーナー、それに赤いライトダウンジャケットというラフな格好をした今どきの若者だった。

「ケガしてないか? すぐに立ち上がれなかったのって、軽い脳震盪《のうしんとう》起こしてるとかじゃないだろうな?」

「別に」

青年はテンション低く不愛想に答え、お尻の泥汚れを払った。せっかくの犬顔男子なのに笑顔のえの字もなく、死んだ魚のような目をしていた。

「あ、名たんていのおじさんだ。ももよしおじさん、こんにちは」

「こんにちは、名たんていの桃芳おじさん」

今度は、女子児童の下校グループに声をかけられた。

「はい、こんにちは。あのね、お兄さんは探偵のおじさんじゃないからね。探偵のお兄さん、桃芳お兄さんだからね。あとね、名探偵ってのもやめようね」

歌のお兄さん、体操のお兄さん、そんなノリで探偵のお兄さんと呼んでほしい。大事なことなのできちんと訂正《ていせい》していると、青年が初めて表情を変えた。

「え……、探偵？」

「おう、オレは天満桃芳、この町のプライベートアイだ」

桃芳が名刺を差し出すと、青年が死んだ魚のような目を微かに見張った。

「アンミツモモヨシ……」

「今、ちょっくら特殊詐欺《さぎ》集団を追ってたもんでな。お前さんにぶつかったあの男、あいつ受け子なんだよ。巻き込んで悪かったな」

「特殊詐欺……」

「なんもないとは思うけど、もしも、なんか気になることがあったら、いつでも連絡してくれていいから」

青年が名刺の裏面を確認して、訊き返した。

「名刺に住所と電話番号しか書いてありませんけど、ホームページや公式アカウントとかはないんですか？」

「あるか、んなもん」

と、桃芳はきっぱり言い放った。

「昭和の探偵は駅の掲示板や、バーでの伝言なんかで依頼を受けてたんだぜ」

「天満おじさんは令和の探偵ですよね？」

「おじさんじゃありません。お兄さんです」

胸を張る桃芳の頭から足先までを、青年が値踏みするように見やる。

「そのパーマ頭に中折れ帽とダークスーツって、昭和のテレビドラマに出てくる探偵のコスプレですか？」

「違うわ、リスペクトって言って」

「松田優さ――」

「名前を出すんじゃないの」

「昭和コスプレ探偵なんですね」

「せめて昭和リスペクト探偵って言って。むしろ、リスペクトというよりオマージュだな。昭和オマージュ探偵だな」

「それ、同じ意味です。英語かフランス語かの違いです」

「は？　なんか言った？」

「別に」

青年はリアクション薄く無愛想に首を振って、落ちていた長ネギ入りのエコバッグをおっくうそうに拾い上げた。

「それじゃ、おれはこれで」

「お前さん、このあたりに住んでんの？」

つい訊いてしまったのは、このあたりでは見かけない顔だったからだ。

桃芳は商売柄、人の顔を覚えるのは得意だ。これだけの美少年、もとい、犬顔男子を一度でも見かけていたら、忘れるはずがない。

「すぐそこに、引っ越してきたばかりなんです」

「あー、そうなのね。気を付けて家に帰んな。帰ったら手洗いうがいを忘れんなよ」

気さくに声をかける桃芳を、青年が無言で見つめ返した。

「おう？」

訊き返す桃芳を無視して、青年はさっさと歩き出していた。

その際、はぁ、というこれみよがしなため息が聞こえたような気がしたが、桃芳は不思議と、この青年に対して悪い印象は受けなかった。

むしろ、興味が湧いた。

「あのテンションの低さとリアクションの薄さ、なんだっけな、ああいう鳥いなかったっけか。動かない鳥って言われてるヤツ」

桃芳は鬼子母神堂の方向へ向かう青年を目で追いつつ、鳥の名前を思い出そうとして、今はそれどころではないことを思い出した。

「溝口さんのとこに、もう警察来てっかな。動画を提供しないとな」

高橋が逃げた方角をにらみ、ガム風船を膨《ふく》らました。

パチン、と破裂させて吐き捨てる。

「輩《やから》どもめ、日本の警察と令和の探偵を舐《な》めんなよ」

桃芳は中折れ帽を被り直して、来た道をまた小走りで駆け戻って行った。

◆

桃芳が息を弾ませて木綿子の家に戻ると、ブロック塀《べい》沿いに警察の白い自転車が二台停まっていた。家の中には、近くの交番から駆けつけた地域警察官のほかに、雑司が谷警察から生活安全課の刑事たちも駆け付けていた。

いずれも桃芳が私立探偵だと知っている面子《めんつ》のため、話は早かった。池袋界隈《かいわい》は防犯カメラの数が多いため、高橋の足取りが割れるのは時間の問題だろうという話だった。

『高橋をとっ捕まえたら、靴底《くつぞこ》を確認してもらえますかね』

桃芳は刑事たちに、高橋の革靴にとある罠《わな》を仕掛けておいたことを告げた。

『靴底にガムがくっ付いてたら、溝口さんのとこに来た受け子で間違いないっすよ。高橋が来る前に、オレ、ガムを土間に置いといたんすよ。それをあいつ、踏んでたんで』

地味な罠でも、やらないよりやった方がいい。

『証拠はひとつでも多い方がいいと思って』

集めた証拠は出し惜しみせずに警察に丸投げするのが、桃芳のスタンスだった。

この日は結局、警察の調書作りやらなんやらに付き合い、桃芳が木綿子の家を出たときはすっかり日が暮れてしまっていた。冬は日が暮れるのが早い。

「くぅ、この騒ぎで溝口さんの豚汁分けてもらい損ねたし」

頼まれた食材を買い、クリーニング屋へのおつかいも間に合ったが、

『ごめんね、桃さん、今夜は豚汁を作る気力がないよ』

そう言うと、木綿子は細い肩をがっくりと落とした。当然だろう。〝いい人〟だと思っていた輩に騙《だま》されたのだから。気もそぞろで包丁を扱って指を切ってもいけないし、そもそも食欲もないそうで、

『今夜はミカンだけ食べて寝るよ』

と、木綿子は力なく笑っていた。

今のところ、木綿子のキャッシュカードを使って銀行から預金が引き出されたという報告はまだない。逆に言うと、警察と銀行が連携しているので、出し子がＡＴＭに現れた時

点ですみやかに任意同行からの緊急逮捕となるはずだ。

「高橋と、あとなんだっけ、鈴木と佐藤って言ってたっけか、芋《いも》づる式に全員まるっと捕まりやがれ」

ここから先は、警察の仕事だ。探偵にできることは防犯の手伝いと証拠取りまでで、悪い輩を逮捕することではない。

頭ではわかっていても、桃芳は木綿子の消沈ぶりを思い出して胸が痛んだ。

「コンプライアンスなんか無視して、あのとき、土間でラリアットのひとつでも決めときゃよかったかねぇ」

小さな後悔《こうかい》を抱きつつ、桃芳は街灯が明るく並ぶ鬼子母神大門のケヤキ並木から、別世界のように薄暗い袋小路へとひょいと足を向けた。

この袋小路は剝《む》き出しの地面に飛び石を敷いてあるだけで、舗装はされていない。左右に建つ家は相当古く、空き家になっているところもあった。

そうした袋小路の突き当たりに建つ下宿屋ふくろう荘が、桃芳の自宅兼、天満桃芳探偵事務所だった。

「ん?」

飛び石をいくつか踏んだところで、桃芳は違和感を覚えて足を止めた。

探偵にとって、この〝違和感を覚える〟という感覚は非常に大事だ。

桃芳は中折れ帽のブリムを親指で押し上げ、正面の下宿屋を凝視した。

モルタル塗りの木造住宅は、一見すると、ただの一戸建てにしか見えない。ふくろう荘は、ふつうの一戸建ての二階を間借りする下宿屋だった。猫の額ほどの庭を囲むのは金木《きんもく》犀《せい》の生垣で、門柱や門扉《もんぴ》などはない。

はっきり言っておんぼろだ。金目のものがあるようには到底見えない。

「オレにあるのは借金だけだし」

半年と少し前に大家の東海林《しょうじ》桃子《ももこ》が亡くなってから、桃芳はふくろう荘にひとりで暮らしていた。電気の消えた暗い家に帰るのにも、ようやく慣れてきた。

「なのに、なんで玄関の灯りが点いてんのよ」

家の中に誰かいる。

「空き巣？」

あるいは、ここが探偵事務所と知っての蛮行なのだとしたら、

「まさか……、高橋？」

特殊詐欺集団が逆恨みして、襲ってきたとか？

桃芳は足音を忍ばせて、玄関前に立った。

ちゃんと戸締りをして出かけたはずの鍵が、開いていた。なるべく音をたてないように引き戸を開いてみると、土間にはキャンバス生地のハイカットスニーカーが一足。

「んん、ハイカットスニーカー？」

ハイカットスニーカーはそれなりに履《は》きこんでいるようには見えるものの、泥汚れがついていることもなく、解いた紐はきちんと靴の中に入れた状態で、両足そろえて置いてあった。桃芳はしゃがみ込んでベロの部分を引っ張り、サイズを確認した。

「二十五・五……。侵入者は几帳面《きちょうめん》な性格の、小柄な若い男ってとこか」

持ち物ひとつから、ざっと人物像をプロファイリングする。高橋はひょろりと背の高い男だったから、この侵入者は高橋ではなさそうだ。

特殊詐欺集団の誰かなのか、ただのコソ泥なのか、桃芳はハイカットスニーカーの持ち主に好奇心のようなものを抱いた。

家の中は、廊下《ろうか》も居間も台所も煌々《こうこう》と灯りが点いていた。その上、暖房まで点いているらしく、かじかんでいた手指が一気に温まったような気がした。

「電気代節約しろって」

桃芳はひとりになってから、極力暖房は点けないようにしていた。寒ければ、着込めばいいだけのことだ。

廊下の突き当たりの台所兼、食堂からは換気扇が回る音がしている。そこか、と桃芳は猫のようにひたひたと近づいて行った。

台所では、流し台に向かって、かっぽう着姿の老婆《ろうば》が立っていた。

「桃子さん……？」

違う、そんなはずはない。見間違いだ。ガランガランとけたたましく音を立てる古い換気扇が、亡き大家のまぼろしを見せただけだ。

桃芳はゆるく頭を振り、改めて目をすがめた。

流し台に向かって、黒いスキニーパンツにオーバーサイズのグレーのトレーナーを着た小柄な若い男が立っていた。髪型は、ふわふわ猫っ毛。

「んんん？」

そんな風体《ふうてい》の若い男を昼間も見た気がする。

「もしもーし」

と、桃芳が声をかけると、侵入者がゆっくりと振り返った。

「やっぱり。お前さん、犬顔男子くんじゃないの」

「お帰りなさい、天満おじさん」

侵入者は、昼間、逃げる高橋とぶつかって尻餅《しりもち》をついていた青年だった。

「何、どうした？　人んチで何してんの？」

と、訊きかけて、桃芳は青年が包丁を握っていることに気付いた。

「ゲッ、包丁!?」

オレ、ここで殺されんの!?

「ご覧のとおり、夕飯を作っています」

「なんだ、夕飯作ってたのかー……って、なんで⁉」

「夕飯の時間だからです」

青年がぶっきらぼうに言って、調理台に包丁を置いた。まな板の上には、斜め切りにした長ネギがこんもりと山をなしていた。

「ちょっとよく意味わかんないんだけど、お前さん、名前は？」

「端城紅です」

「ハシビロコウ！」

それだ、動かない鳥の名前！

「ハシジロコウです。井戸端会議の〝端〟に、ノイシュバンシュタイン城の〝城〟、紅はくれないの〝紅〟です」

「あー、そう」

適当に相槌《あいづち》を打ったものの、桃芳は〝ハシジロコウ〟の名をすぐには漢字に変換できなかった。情報量が多い上に、ハシビロコウのインパクトがあまりにも強すぎた。

桃芳があいまいに笑っていると、紅が無表情のまま、濃紺《のうこん》のエコバッグをダイニングテーブルの上に置いた。ポリエステル製のシンプルなエコバッグだ。

「これ、オレのじゃありませんでした」

「それって、ひょっとして」

「中に入っていたのは、長ネギのほかはキャッシュカードの入った茶封筒でした」

紅がエコバッグから、ビニール袋に入った茶封筒を三通取り出した。

「マジか！　それ、高橋のエコバッグか！」

桃芳が腕を伸ばして茶封筒をつかもうとすると、紅がさっと後ろにどかした。

「汚い手で触らないでください」

「は？」

「天満おじさん、仮にも探偵なんですよね？　この茶封筒に、特殊詐欺《さぎ》集団の受け子の指紋がついているかもしれないとは思わないんですか？」

「オレは仮ではなく、正真正銘《しょうしんしょうめい》の探偵だからな」

「指紋採取キットって持ってますか？」

「あるか、んなもん」

「そう思ったので、先ほどネット通販で買っておきました」

「ちょいちょい」

「大丈夫です、料金着払いにしておきましたから」

「オレが払うんかい」

大丈夫の意味がわからない。

「昭和コスプレ探偵なんですから、これぐらい持っているべきです」

「だから、探偵オマージュ探偵だってば」

ムキになる桃芳を無視して、紅が流し台に立ててあるタブレット端末をいじった。桃芳はタブレット端末を持っていないので、紅の私物だと思われる。

「ネットで調べてみました。こういう特殊詐欺って、キャッシュカードすり替え詐欺っていうんですね。昼間の男はまさに受け子だったようで、エコバッグのなかには、三人の方からせしめたと思われるキャッシュカード入りの茶封筒が三通入っていました」

「ゲッ、被害に遭《あ》ったのって溝口さんだけじゃなかったのかよ」

「あと、すり替え詐欺のマニュアルみたいなものも入っていました。台本というか、そんな感じのものです。詐欺集団のメンバーらしき名前が書き込んであります」

「マジか！　そこを突破口にして、特殊詐欺集団の輩《やから》を芋《いも》づる式にしょっ引けたりするんじゃないの!?」

「どれも大事な証拠の品になると思ったので、余計な指紋をつけないように、すぐにビニール袋に保管しました。天満おじさんも汚い手で触らないでください」

「お、おう」

桃芳は紅の的確で抜かりのない行動に感心し、舌を巻いた。

「でかしたな、ハシビロコウくん」

「別に」

「お手柄だって。お兄さんが付き添うから、その一式持って一緒に警察へ急ごう」

「なんで警察に行くんですか？」

「へ？」

紅が死んだ魚のような目をして、重ねて問う。

「せっかくの手柄なのに、警察に横取りされてもいいんですか？」

「横取りっていうか、それが警察の仕事だし。高橋……って、ああ、昼間の男の偽名ね、あいつの足取りを今、警察が防犯カメラを分析して追ってるから」

「大船健斗《おおふなけんと》、二十四歳」

「は？」

「高橋の本名です。マニュアルの銀行協会役のところに名前が書き込んであったので、そこから個人情報をネットで拾ってみました。埼玉県朝霞《あさか》市在住、中学と高校ではバレーボール部に所属、高校卒業後は……」

「どんだけネットに個人情報が落ちてんの」

「セキュリティがきつくて入っていけない防犯カメラもあったんですけど、ザルだったところのをつないで、足取りも追ってみました」

紅がタブレット端末に防犯カメラの映像を並べて、桃芳にも見やすいようにダイニングテーブルに置いた。

「ザルっていうか、ここまでやると、それもうハッキングだよね。防犯カメラの映像って、一般人が簡単に見られるもんじゃないからね」

「じゃあ、見るのやめておきますか？」

「とーぜん」

コンプライアンスという言葉が脳裏《のうり》にちらついた。同時に、肩を落としてミカンに手を伸ばす木綿子の姿もちらつき、

「いちお、見とこうか」

桃芳はダイニングチェアに腰掛け、タブレット端末をのぞき込んだ。

「この風景、東通りの防犯カメラから撮られた映像だな」

東通りとは、池袋駅と雑司が谷界隈《かいわい》を結ぶ目抜き通りのことだ。狭い画角ではあるが、通りがすっかりクリスマス仕様に飾られていることが見て取れた。

「このあたり、うまいもん食える店が多いんだよな。知る人ぞ知るグルメストリートってヤツで、一本裏に入ったとこに、オレの行きつけのバーがあんのよ」

と、桃芳の話が横道に逸れていくのを無視して、紅が映像をタップする。

「大船です」

拡大した映像の中で、高橋、改め、大船は池袋駅に向かって歩いていた。

「これ見てください。このビストロの前を歩く大船はエコバッグを提げているんですけど、次の防犯カメラに映ったときには、ビジネスバッグしか持っていないんです」

「ん？　この間でエコバッグを取り違えたことに気付いたのか」

「たぶん」

「で、エコバッグを捨てたのか」

「許せません」

「許せないよな、特殊詐欺なんてする輩ども」

「あのエコバッグには、デパ地下で買ったマグロの赤身が入っていたんです。今夜は冷えるって天気予報アプリで見たから、ねぎま鍋にするつもりだったのに」

そっちかい、と桃芳は内心でツッコミを入れた。

「このあとの大船なんですが、Uターンして、雑司が谷へ戻っています」

「エコバッグをさがしに戻ったのか。つか、ぶっちゃけハシビロコウくんをさがしに行ったんじゃないの？」

「たぶん。雑司が谷界隈は住宅街なんで、都合よく見たいところに防犯カメラがあるわけじゃないので、詳しい足取りはわかりませんけど」

「出くわさないでよかったな、ハシビロコウくん」

桃芳は胸を撫で下ろした。

「そっか。大船に追われてるって気付いたから、オレんとこに逃げ込んだわけね」

「いいえ」

違うんかい。

「大船はいったんは雑司が谷に戻りますが、すぐに諦めて、また池袋駅へ向かっています。その途中で誰かとスマホで連絡を取っている姿も映っていて、最終的にはこの広場みたいなところで姿が消えます」

ここです、と紅が言ってタップで拡げた映像は南池袋公園を映していた。

「広場沿いに、黒いワンボックスカーが停まっているのがわかりますか?」

「スモークガラスが目立つ、なんだかきな臭《くさ》いワンボックスだな」

「この後、大船が画面奥の広場から出てきます」

「ワンボックスからも男がふたり出てきたな。パッと見、どこにでもいそうな若いお兄ちゃんたちってとこか」

「よく見ていてください」

紅に言われて桃芳が息を詰めて映像を見ていると、大船が男ふたりに近づき、男ふたりもまた大船に近づき、そうかと思えば、一瞬で大船の姿が視界から消えた。

「え?」

男ふたりによって、大船が黒いワンボックスカーに無理やり押し込まれていたのだ。

「これ、大船、拉致《らち》られてないか?」

「おわかりいただけたでしょうか?」

「わかるよ、見りゃ。なんで急に心霊動画仕立てのナレーションなの」

「こうなるともう、いわゆる本当にあった怖い話ですよね」

黒いワンボックスカーは、燕《つばめ》のような速さで画面から消え去って行った。

「軽い気持ちで犯罪に手を染めたものの、ヘマをしたことで仲間に拉致られて、東京湾か、北関東の山中に連れ去られる」

「それって、沈められるか、埋められるかってことかよ」

「江戸前のエサになるか、キノコの菌床になるか」

「究極の二択だな」

「自業自得《じごうじとく》です。マグロの赤身の呪いです」

「イヤな呪いだな」

「この黒いワンボックスカーの男たち、特殊詐欺集団の仲間ですよね」

「ふつうに考えて、ま、そうなんだろうな。電話で報告受けて、何やってんだアイツってなって、腕自慢が乗り出してきて拉致したってとこか」

映像を見る限り、黒いワンボックスカーの男たちはこういうことに慣れているようだった。大船は必死に抵抗していたようだが、それをものともしない手際のよさがあった。

「どうします、見捨てますか？　助けますか？」

「そこも二択か。オレはこの町のプライベートアイだぜ？」

「助けるんですね」

「町の人が巻き込まれたんなら、何がなんでも助ける。けど、大船は町の人じゃない」

「なら、見捨てるんですね」

それはそれで寝覚めが悪い。となれば、

「三択目」

「三択目？」

「警察へ丸投げ」

「探偵って、警察の犬なんですか？」

「惜しい、オレは金で雇われる町の犬です」

「犬は犬なんですね」

ピー、とやかんの湯が沸騰《ふっとう》する音が鳴り、紅がいったん話を区切って火を止めた。

「証拠はそろっています。これをみんな警察にタダであげちゃうんですか？」

「あげるも何も、善良な市民が警察に協力するのは当たり前でしょ」

「借金四百万円返済中で家賃滞納している人を、善良な市民って言いますか？」

「アイタタ……。それもネットで拾った個人情報？」

「天満桃芳、三十一歳。福島県会津若松市出身。中高と演劇部に所属し、大学は演劇学科に進学するのかと思いきや、放送学科へ。在学中から住み込んでいたここふくろう荘で、大学卒業後に天満桃芳探偵事務所を起業」

「チッチッ。そのプロフィール、ひとつ特筆すべき項目が抜けてるぜ」

桃芳は人差し指を揺らした。

「特筆すべき項目？」

「おう、天満桃芳は顔面国宝のイケメン」

紅がまた、死んだ魚のような目で桃芳を見た。

「その目やめて、ハシビロコウくん」

「そういえば、天満おじさん、若いころは一端《いっぱし》にモデル事務所に所属していたこともあるんでしたっけ」

「こわっ、オレの個人情報どうなってんの」

つか、オレ、今だって若いし。一端の意味わかんないし。

と、桃芳が言い足す前に、紅が突拍子もないことを言い出した。

「おれ、大家なので」

「は？」

「大家なので、下宿人のことを知っているのは当たり前です」

「はぁ？」

「祖母の遺産分けで、おれがふくろう荘を相続しました。こんなおんぼろの下宿屋、正直、すぐにでも賃貸コーポに建て替えたいんですけど」

「えっ、今、祖母って言った？」

何かの聞き間違いかと思い、桃芳は耳をほじった。

「おれの母が、ここの大家だった東海林桃子の娘なんです。おれは孫になります」

「孫!?」

「と言っても、祖母に会ったことはありません」

桃芳は振り返って、仏間を見た。台所からは間取り的に仏間が見えるわけではないが、仏壇《ぶつだん》に飾られた笑顔の遺影を思い描いた。

面倒見のよかった桃子の葬式には、町の人々や友人知人、かつての下宿人などが大勢お別れを告げに集まった。親戚筋《しんせき》からも甥《おい》っ子、姪《めい》っ子、従兄弟《いとこ》といった人たちが目を赤くして駆け付けていたが、そのなかに娘や孫の姿はなかった。

「待て待て。落ち着け、オレ」

そもそも、桃芳は桃子から娘や孫の存在を聞かされた覚えがない。結婚生活数年目には離婚したという、飲んだくれの亭主の話しか知らない。

「つまり、どういうことよ」

「大家なので、おれも今日からふくろう荘に住みます」

「どういうことよ!?」

ねぇ、桃子さん!?

第二話

水もしたたる、いい探偵

「こんばんはー、フードデリバリーですー。ご注文のサグマトン、サグパニール、ナン、シシカバブ、パコラをお持ちしましたー。銀行協会の高橋さんのお宅はこちらでよろしかったでしょうかー」

二十二時十分、天満桃芳《あんみつももよし》はトレードマークの中折れ帽から企業ロゴの入ったキャップに着替えて、東新宿のとある高層マンションのエントランスにいた。

「何、インド料理？　うちじゃないよ、部屋間違えてんじゃん？」

「あれー、すいませーん。夜分に大変失礼しましたー」

オートロックのモニター前で撃沈すること、四十八回目。

さすがに心が折れかけなくもないが、探偵なんていうのはタフでないとやっていられない稼業《かぎょう》だ。

「ちっ、この部屋でもなかったか」

桃芳はキャップを脱いで、くるくるパーマの頭をガジガジと掻《か》いた。

なぜ、桃芳が東新宿の高層マンションでフードデリバリーの真似事《まねごと》をしているのかというと、話は五十分前に遡《さかのぼ》る。

ハシビロコウくんこと端城紅《はしじろこう》が、受け子の高橋改め、大船健斗《おおふなけんと》を拉致《らち》した黒いワンボックスカーの行方《ゆくえ》を、コンプライアンス的にどうなのかとヒヤヒヤするハッキングの数々で追いかけ、ここ二十五階建て一三五戸の高級マンション地下駐車場に入ったところまで突き止めたのは、二十一時二十分のことだった。

『このマンションのどこかの部屋が特殊詐欺《さぎ》集団のアジトなんでしょうね。東京湾か北関東の山中に直行じゃないんですね』

紅は大船の末路を、やたらと本当にあった怖い話にしたがった。

『だって、再生回数稼《かせ》げるじゃないですか。特殊詐欺集団の受け子に密着してみたら本当にあった怖い話に行きついた動画とか、おもしろくないですか?』

桃芳に、その発想はなかった。動画はあくまで警察に提出するための証拠であって、世間に公開するものではない。

「ハシビロコウくん、死んだ魚みたいな目でさらっと物騒なこと言うんだもんな。本気なのか、冗談なのかわかんないわ」

そもそも、紅の素性《すじょう》もウソかホントかよくわからない。

「桃子さんに娘や孫がいるなんて初耳だもんな」

飲んだくれの亭主と離婚してから、ずっとひとりだと聞いていた。葬式でも、親戚《しんせき》たちから娘や孫の話はついぞ出なかった。

「桃子さんに会ったことないって言ってたっけ、ハシビロコウくん」

何か深い事情があるのかもしれない。人間、誰しも、大なり小なり人には言えない事情を抱えているものだ。

桃芳はこれまで、見えない糸に雁字搦《がんじがら》めになっている人たちをたくさん見てきた。

そうした糸を解す手助けをするのも探偵の仕事だと思っていたが、一番近くにいた桃子を縛るもつれた糸に気付けなかった。

「言ってくれりゃ、冥途《めいど》のみやげに会わせてやることだってできたかもしんないのに」

入院中もいつも笑顔だった桃子が、ときどき病室の窓からぼんやりと遠くを見ていた姿を思い出し、桃芳は下を向きかけた。

が、すぐに顔を上げる。

「下なんか見たところで十円すら落ちちゃいないぜ」

今は感傷に浸る時間じゃない。拉致された高橋の消息を追う時間だ。

桃芳は紅を雑司が谷警察へ向かわせ、自分は単身、東新宿へやって来ていた。

手始めに近くのコンビニの店員に聞き込みをしてみたところ、このあたりは歌舞伎《かぶき》町に近いこともあって、周辺のマンションにはホストが多く住んでいるという話だった。

「詐欺集団もほぼほぼ若い男たちだからな」

オフィス街の雑居ビルにアジトを構えるより、こうした場所でマンションの住民になりすましていた方が目立たない。

近ごろは特殊詐欺も国際化しており、海外のリゾート地に拠点を置いていた掛け子が十数人まとめて現地警察に捕まったりもしているが、掛け子と受け子が連携して動くには国内拠点の方が小回りが利くに決まっている。

「ってわけで、この一三五戸のなかに、必ず特殊詐欺集団のアジトがある」

はずなのだが、部屋番号がわからない。

そこでフードデリバリーに扮して、ピンポンダッシュならぬ、ピンポンチャレンジに出たのが、二十一時五十五分のこと。片っ端から部屋番号を押して、〝銀行協会〟というフレーズに反応する部屋をあぶり出す作戦だった。

桃芳は気合を入れ直して、四十九回目の部屋番号を押した。

一一〇一号室、不在。

一一〇二号室、不在。

そして、五十一回目の一一〇三号室も不在……かと思いきや、

「なに？」

と、オートロックのスピーカーから男の低い声が返ってきた。

「あ、こんばんはー、フードデリバリーですー。ご注文のサグマトン、サグパニール、ナン、シシカバブ、パコラをお持ちしましたー。銀行協会の高橋さんのお宅はこちらでよろしかったでしょうかー」

不自然な間があったのち、

「デリバリーなんか頼んでねぇよ」

と、男が一層声を低くして言い捨てた。

「あれ。銀行協会の高橋さん、そちらにいない？」

「知らねぇよ」

桃芳はピンときた。この部屋だ。

「いるんでしょ、高橋さん。雑司が谷から、探偵がエコバッグの忘れ物をデリバリーしに来たって、そう伝えてくんない？」

桃芳はオートロックのカメラの前に、濃紺《のうこん》のエコバッグを突き出した。ここが特殊詐欺集団のアジトなら、これに食い付かないわけがない。

長い沈黙。

沈黙が長くなればなるほどに、この部屋で間違いないという桃芳の勘は確信に変わっていった。

エントランスの扉が開く。

「どーも」

桃芳はカメラ目線で一声かけたが、もう男はうんともすんとも言わなかった。ただ黙ってモニター越しにこちらを見ている気配だけがびんびんにした。

さて、鬼が出るか、蛇が出るか。

二十二時十三分。キャップを脱ぎ、エコバッグから取り出したトレードマークの中折れ帽を目深《まぶか》に被り直した桃芳は、高級感漂うマンションロビーに足を踏み入れるのだった。

なめらかに上昇するエレベーターで、十一階へ。

桃芳が一一〇三号室の前に立つなり、玄関ドアが勢いよく開いた。

「てめぇ、何もんだ?」

中から出て来た若い男は、開口一番、そう言い放った。

「エントランスで言わなかったっけ? 探偵だって」

「なんの用だ?」

「それもエントランスで言わなかったっけ? エコバッグ届けに来たって」

肩から提げた濃紺のエコバッグを叩いて見せる桃芳を、若い男は苦々しげにねめつけていた。師走《しわす》だというのに、男は半袖《はんそで》の黒いTシャツ姿だった。手足が長いので痩せて見えるが、首の太さと胸板の厚さからして、それなりに身体を鍛えているようだ。

大船を拉致した黒いワンボックスカーの男ふたりのうちのひとりだと思って、まず間違いないだろう。

「中、入れてくんないの? こっから先の話は、玄関で立ち話してもいいような内容じゃないと思うけど?」

桃芳が催促すると、黒Tシャツの男がおっくうそうに顎《あご》をしゃくった。

何針にも及ぶ縫合《ほうごう》の痕がある顎だった。左に寄ったところに痕があるのは、右手でアッパーでも食らったからだろうか。

ケンカっ早い男、と桃芳は黒Tシャツの男をプロファイルした。

「お邪魔しますよっと」

桃芳の切れ長の目は、次に玄関のチェックに移った。

玄関には何足ものスニーカーや革靴《かわぐつ》、サンダルが並んでいた。室内にどれだけの人数がいるのか見当が付かず、武者震いを隠してサイドゴアブーツを脱いだ。

玄関とリビングを結ぶ室内廊下《ろうか》は途中でL字に曲がっており、リビング側から現れた別の若い男によって、桃芳は簡単なボディチェックを受けることになった。

身長一七八センチの桃芳よりも背の高い、大柄の男だ。この男も半袖のTシャツ姿だったが、白地だったため、裾のあたりに赤黒いシミが点々と飛んでいるのがしっかりと見て取れた。

「それ、血か？　お前さんの？」

桃芳は世間話をするかのようにしれっと訊いたが、当然、答えはなかった。

警戒心の強い男、と桃芳は白Tシャツの男をプロファイルした。

リビングに通された。

ざっと見まわしたところ、一一〇三号室は広々としたリビングとダイニングが特徴の1LDKの間取りのようだった。室内には、白と黒のTシャツコンビしかいなかった。

玄関にあった靴の数を思うといささか拍子抜けするが、大人数がいるように見せかけるための工作だったとすれば、効果はてき面だ。

桃芳が状況を観察しつつ、腕っぷしのよさそうな男ふたり相手にどう立ち回るのが最善かを考えていると、白Tシャツの男がエコバッグに手を伸ばしてきた。

「そのエコバッグをこっちに寄越せ」

「おっと、そうは問屋が卸《おろ》さないってな」

桃芳は慌ててエコバッグを背中に隠した。

「フードだってデリバリー頼むと金取られるだろうよ。落とし物のデリバリーがタダのはずないでしょ」

「ああ？　ふざけたこと吐《ぬ》かしてんじゃねぇよ」

黒Tシャツの男が摑《つか》みかかって来ようとするのを足を引いてかわし、

「血の気が多いねぇ」

「うるせぇ、ナメやがって」

「そのセリフ、そっくりそのまんま返すわ」

と、桃芳は低い声で言い、そばにあったオフィスチェアを思いっきり蹴《け》りつけた。

「探偵ナメんな。お前らとは踏んでる場数が違うんだよ」

桃芳の口調が変わったことに気付いたか、あるいはオフィスチェアが派手に倒れた音に驚いたのか、白と黒のTシャツコンビが息を呑んだ。

「特殊詐欺《さぎ》集団のアジトなんだろ、ここ」

リビング中央にはオフィス用の平机がふたつ向きあうように置かれ、その上に等間隔にノートパソコンと固定電話が六台ずつ設置されていた。壁際には数字や符号らしき文字がびっしりと書かれたホワイトボードもあり、この部屋が住居として使われているわけではないことは一目瞭然だった。

「受け子役だった銀行協会の高橋を、お前らが黒いワンボックスカーで拉致《らち》したのはわかってんだよ。高橋はどうした?」

警察を出し抜いてアジトに乗り込んでいる時点で、コンプライアンスどうこうはもう言っていられない。廃業に追い込まれない程度に、多少アウトローな手段に出ることもやむかたなし。

桃芳がダークスーツの内ポケットへ手を入れると、白と黒のTシャツコンビがハッとして身構えた。

昭和のテレビドラマだと内ポケットから取り出すものといえば拳銃で決まりだが、桃芳が取り出したのはガムだった。それも駄菓子のコーラガムだ。

「食う?」

　桃芳にガムを見せられ、白と黒のTシャツコンビが舌打ちをした。

「コーラ味は嫌いか?　つか、今の若いヤツらはガム嚙《か》まないんだってな。高橋も、つか、大船健斗もガムは嫌いか?」

　桃芳が受け子役の本名を口にすると、白Tシャツの男が観念したように窓辺の応接セットに向かって声をかけた。

「大船」

「……うう」

「探偵が、てめぇを追って来たぜ」

「……うう」

　男の苦しげなうめき声はするものの、桃芳の場所からは黒革を張ったソファの背もたれしか見えなかった。

「大船、生きてっか?」

　桃芳が伸びあがって声をかけたとき、ソファの影から男が匍匐《ほふく》前進の態でずるずると這い出てきた。

「探偵……」

「おう、生きてんな」

袋叩きに遭《あ》った大船の目もとは痛々しく腫《は》れあがり、曲がった鼻から鼻血を流し、前歯は上も下も何本か折れている……のではないかと桃芳なりに心配していたのだが、意外にも顔面はきれいだった。

ただし、その顔に血の気はなく、脂汗《あぶらあせ》が浮いていた。左手をタオルでぐるぐる巻きにしており、タオルからは鮮血がぽたぽたと滴っている。

「げっ。もしかして、エンコ詰め？」

「お前の……せいで……」

「ひでぇな、マグロの赤身の呪いだな」

反社会的勢力ならではのしきたりのひとつに、指を切り落としてけじめをつけるという作法がある。映画やドラマで観たことのある麻酔など一切なしの指詰めシーンを思い浮かべて、桃芳は無意識に自分の右手の小指をさすった。

「いくらなんでも真似事《まねごと》がすぎんじゃねぇの？　受け子なんて、どうせＳＮＳで集めたパンピーのアルバイトだろ？」

「ヘマしたら落とし前つけんのは当たり前だろ」

白Ｔシャツの男が眉《まゆ》ひとつ動かさずに言った。

「消されないだけありがたく思うんだな」

黒Ｔシャツの男は半笑いで言った。

「だってよ、大船。軽い気持ちで犯罪の片棒なんか担《かつ》ぐから、こんな目に遭うんだよ」

江戸前のエサや、キノコの菌床にならずに済んだだけ、儲けものなのかもしれない。

「そのエコバッグ……、返せ……」

「だから、タダでデリバリーしてもらえるわけねぇだろ」

桃芳はソファのひじ掛けに腰掛けて、ガムを口のなかに放り込んだ。くちゃくちゃと音を立てて嚙み、ガム風船を膨《ふく》らませて白Tシャツの男を見やる。

挑発するように、パチン、と音を立てて割ってから言った。

「取り引きしようぜ」

「取り引き？」

「警察に売らずに、わざわざ危ない橋を渡って持ち込んでんだ。オレが何を欲しがってっかくらい、すぐわかんだろ」

桃芳はここまでのやり取りから、黒Tシャツの男よりも白Tシャツの男の方が立場的にやや上にいると判断していた。

「金か？」

「言ったろ、探偵ナメんなって。金なんか受け取ったら最後、消されて全額取り返されるのがオチなことぐらい想像つく」

「なら、何が欲しい？」

「仕事。エコバッグの中身をくれてやる代わりに、お前らの悪事に一枚嚙ませろ」

「てめぇ、さっきからふざけたことばっか吐かしやがって」

と、話に割り込んできた黒Tシャツの男を、白Tシャツの男が止めた。

「やめとけ。こいつ、ここを嗅《か》ぎ付けただけじゃなく、大船の名前まで知ってただろ。ふざけてるようには思えねぇよ」

「けど、甲斐田《かいた》さんがなんて言うか」

小声になり、黒Tシャツの男はリビングにひとつだけあるドアを気にする素振りを見せた。あのドアは、桃芳も気になっていた。

一一〇三号室を1LDKの間取りだと思ったのは、あのドアの向こうを一室とカウントしたからだ。

「逸見《いつみ》、取り引きなんかするより、こいつやっちまったほうが早いんじゃね？」

「お前はすぐそれだな、枝川《えだがわ》」

「だって、露払いがオレらの役割だろ。のちのち面倒になりそうなモンは消しといたほうがよくね？　ひとりやんのもふたりやんのも同じだろ」

白Tシャツの男が〝逸見〟、黒Tシャツの男が〝枝川〟。

桃芳がふたりの会話から知り得る限りの情報を頭の中で必死に整理していると、ガチャ、とリビングにあるドアが開く音がした。

「逸見、枝川、おもしろいことになっているみたいだな」

「甲斐田さん！」

逸見と枝川が背筋を伸ばして、中から出て来た男に頭を下げた。

男が、くくっ、と喉《のど》を鳴らして笑った。

ピックステッチ入りの高級スーツを着込んだ、銀縁眼鏡《ぎんぶちめがね》の男だ。肌つやや髪のハリからして、桃芳と同じ三十をひとつふたつ過ぎたくらいの年齢のようだが、たたずまいはずいぶんと落ち着いた雰囲気《ふんいき》をまとっていた。

「ちっ、三人目がいたか」

桃芳は声には出さずにつぶやいた。

しかも、この男は、逸見、枝川とは格が違う。

一見、物腰はやわらかそうだが、そこはかとない威圧感があった。プロファイルするまでもなく、人を使う立場にいる人間だということがわかる。

「珍しいお客人が来ているようだな」

「すいません！　大船がヘマしたエコバッグの中身を取り返そうと……」

逸見が説明するのを、男が手を振って制した。

「聞いていた。お前たち、声が大きすぎる」

銀縁眼鏡の奥の目が、蛇のように冷たく光った。

その目に縫《ぬ》い付けられるように、逸見も枝川も黙り込んで動かなくなった。

「探偵さんも、イスは座るものであって蹴《け》るものではないですよ」

やんわりとたしなめながら、〝甲斐田〟と呼ばれる男が倒れているオフィスチェアを起こした。スーツの袖《そで》から見えた腕時計は、車が一台買えるくらいの値段のものだった。

甲斐田は床にうずくまっている大船には目もくれず、なんでもないことのように長い脚で背中をまたぐと、応接セットのソファに腰掛けた。

「どうぞ、探偵さんもお座りください」

どうぞと言われても、桃芳までなんでもないことのように怪我人の背中をまたぐのは気が引けるので、起き上がれないでいる大船に手を貸して壁にもたれさせてやってから、甲斐田と向き合うように黒革を張ったソファに座った。

身体が深く沈み込む、座り心地がいいのか悪いのかよくわからないソファだった。革の匂《にお》いがするので、本革製の高級品であることだけはわかった。

「わたくし、甲斐田と申します。ここの、いわば管理人のようなものです」

甲斐田がいかにもビジネスマンの態で、名刺を差し出した。

名前は、甲斐田比呂《ひろ》。如月《きさらぎ》コーポレーションという会社の営業三課課長という、もっともらしい肩書が記されていた。

「これ、何屋さん?」

「フィンテック事業を展開しています」

「ああ、ファンタスティックね」

説明を求めるのも癪《しゃく》なので、知ったかぶって相槌《あいづち》を打っておいた。

最近よく耳にする事業だが、何屋にせよ、如月コーポレーションに限っては反社会的勢力のフロント企業と思って間違いないだろう。

「オレは天満桃芳。雑司が谷のプライベートアイ、私立探偵だ」

「アンミツさん？　珍しい苗字ですね、どういう字を書くんですか？」

「天満宮《てんまんぐう》の〝天満〟でアンミツ」

「初めて聞きました。探偵という職業の方にお会いするのも初めてですよ」

「オレも特殊詐欺《さぎ》集団の管理人なんてのに初めて会ったわ」

「これも何かのご縁だと思いますので、お話をお聞きしましょう」

「そうこなくっちゃ」

「天満さん、わたくしたちと取り引きがしたいと？」

「ああ、仕事が欲しい。そこの大船が落としたエコバッグの中身、お前さんたちにとっちゃ大事なモンだろ？」

桃芳はエコバッグを応接テーブルの上に置いた。

「あ、長ネギは入ってねぇよ。邪魔なんで捨てて来たわ」

「いけませんね、食べ物を粗末にしては」

「そのセリフ、大船にも言ってやれ。あいつ、取り違えたエコバッグの中に入ってたマグロの赤身を捨てちまったみたいなんだよな」

「そうですか、大船はマグロの赤身の入ったエコバッグと取り違えたんですか」

ソファに深く座って話を聞いていた甲斐田が身を乗り出してテーブルに肘をつき、両手の指を合わせて思案顔になった。

蛇のような目で、桃芳をじっと見て言う。

「天満さんは、このエコバッグの中身をご覧になりましたか？」

「ああ、封筒が三通。その中に、それぞれ複数枚のキャッシュカードが入っていた。これってあれだろ、キャッシュカードすり替え詐欺だろ？　受け子の大船が、じーさん、ばーさんのとこ三軒回ったってことだろ？」

桃芳が核心を突くと、甲斐田は口もとだけで薄く笑って、リビングのドアの前で直立している逸見を見上げた。

「天満さんの話に間違いはないか？」

「間違いないです。大船は三軒回って、三通を受け取っていました」

「預貯金額の合計は？」

「三軒で二千万弱です」

「二千万か」

　甲斐田がすくりと立ち上がった。

「天満さんなら、ご存じでしょう。遺失者つまり落とし主は、拾得者つまり拾い主に、物件の五パーセントから二十パーセントの範囲内で報労金を支払うことになっています」

「遺失物法第二十八条だな」

「法律は守らないといけませんね」

　そう言いおいて、甲斐田がリビングにあるドアの向こうの部屋に姿を消した。

　逸見と枝川は、管理人を名乗る甲斐田の一挙手一投足《いっきょしゅいっとうそく》にいちいち緊張しているように見えた。その緊張が伝染して、桃芳までいつも以上に気を張ってしまっていた。

　ふう、と小さく深呼吸をしていると、すぐに甲斐田が部屋から出て来た。手には帯封付きの札束を無造作に握っていて、

「こちらの誠意として、法律の上限の二十パーセントをご用意しました。落とし物を拾っていただいたお礼と、ここまで運んでくださったデリバリー代です」

　ドン、と応接テーブルの上に四百万円を置いた。

　帯封付きの札束というものを、桃芳は初めて見た。借金を抱える探偵にとっては、それは喉から手が出るほど魅力的なものだった。

「言わなかったっけ？　オレ、金じゃなくて仕事が欲しいって」

「あいにく、うちには今、欠員がおりませんので」

「受け子って、いくらもらえんの？」

「はした金ですよ。ですが、フリーターや主婦には十分な金額なのかもしれませんね。パケが買えますから」

「クスリか」

丁寧《ていねい》な言葉遣いながら、言っていることは鬼畜のごとしだ。

反社会的勢力のしのぎとして、うまくできている。受け子に高額の謝礼を払ったとしても、その金で自分たちの仲間から覚せい剤を買わせれば、回収できる仕組みだ。常習者を増やせば増やすだけ、謝礼をはるかに超えた金額を集めることができる。

その資金源として高齢者の預貯金をだまし取っているのだから、胸クソの悪い話だ。

桃芳は目の前の札束から引き抜いた一万円札に嚙《か》んでいたガムを吐き出し、丸めてポイと投げ捨てた。

「欠員が出れば、オレのこと雇ってくれんの？」

「四百万ではご不満ですか？」

「不満じゃねぇけど、人間ってのはおっかないねぇ、欲が出たわ。なんなら、ここに使い物になんねぇ受け子がいるし」

桃芳はモッズコートのポケットから手のひらサイズのミニチュア拳銃を取り出し、壁にもたれてぐったりしている大船に銃口を向けた。

「こいつを消したら欠員できんでしょ？」

大船は状況がわかっていないようで、うろんげに銃口を見つめていた。

「それとも、こっちのふたり消したほうがいっか。用心棒の仕事もらえるし」

桃芳はソファの背もたれ越しに振り返って、逸見と枝川に向けて片手でミニチュア拳銃を構えた。

「は？　てめぇ、バッカじゃねぇの！　おもちゃの拳銃でナニ吐かしてんだよ！」

枝川が肩を怒らせて怒鳴った。

「あれ、知らねぇの？　海外製の改造ミニチュアガンって実弾を装填《そうてん》できんだぜ。火薬入りの弾を密輸して捕まるヤツ、たまにニュースになってんだろ」

「実弾!?」

「知らねぇか。お前ら、どうせニュースなんか見てねぇんだろうな」

ニヤニヤと笑う桃芳を、枝川は噛みつきそうな顔色でにらんでいた。

逸見もまた、歯ぎしりをして桃芳をねめつけていた。

「いいですね。さすがは探偵さん、場数を踏んでいるだけありますね。その改造ミニチュアガン、やはりアメリカ製ですか？」

「そういうの、おたくらのほうが詳しいでしょ」

「くくっ。わたくしどもとしましては、どちらをやってもらっても構いませんよ。いっそ、どちらもやってくれたっていい」

「部屋が血で汚れてもいいのかよ。このソファ、本革だろ」

「あとのことは掃除人を呼ぶだけですから、お気になさらずに」

事も無げに言われてしまうと、かえって桃芳のほうが鼻白んだ。

桃芳のミニチュア拳銃は、実のところ海外製の改造品ではない。どこかの温泉街のお土産屋で買った、ただの拳銃型ライターだ。

ここまでは元演劇部員の演技力でハッタリを利かせて渡り合ってきたつもりだが、そろそろ化けの皮が剝《は》がれそうだった。

いや、ひょっとするともう、甲斐田の銀縁眼鏡《ぎんぶちめがね》の下の蛇のような目は、口八丁手八丁な桃芳の魂胆を見抜いているのかもしれない。

時間稼《かせ》ぎも、いよいよ限界だ。

「ど、ち、ら、に、し、よ、う、か、な」

桃芳は半ばやけっぱちになって、銃口を大船、逸見と枝川に交互に向けた。

「天の神さまの言うとおり」

後がない。

「赤豆白豆えんどう豆」

「豆?」

タバコに火を点けていた甲斐田が手を止め、口を挟んだ。

「天満さん、ご出身はどちらですか?」

「おう、会津」

「豆バージョンを初めて聞きました。北海道では『なすび』なんですよ。全国的には『柿の種』や『アブラムシ』なんていうのもあるみたいですね」

「お前さん、北海道出身なの?」

「東京です。ですが、母方の祖父母が岩見沢《いわみざわ》にいます」

「祖父母いんの?」

「木の股から生まれたように見えましたか?」

見えた、と桃芳は内心で肯定した。祖父母の記憶があるのによく高齢者を食いものにすることができるものだと憤りを覚えたし、そうした輩《やから》に祖父母という言葉を軽々しく口にしてほしくないという嫌悪感さえ抱いた。

その気持ちを顔に出さないように必死に作り笑いを貼り付けていると、ピンポーン、と玄関チャイムが鳴った。

二十二時四十分。桃芳は拳銃型ライターを下げて、甲斐田に言った。

「お客さんみたいだぜ」

「放っておきましょう」

ピンポーン、ピンポーン、ピンポーン。

「なんかしつこく鳴らしてっけど？」

「今夜は騒がしいお客人が多いですね」

ピンポーン、ピンポーン、ピンポーン。

「これ、エントランスじゃなくて、玄関チャイム？」

「そうですね、玄関ドア前にいるということですね」

ピンポーン、ピンポーン、ピンポーン。

甲斐田がやかましげに顔をしかめる。

ピンポーン、ピンポーン、ピンポーン。

「枝川、モニターを見てみろ」

「は、はいっ」

テレビドアホンはキッチンそばの柱に設置されていた。

「作業服を着た若い男が立ってます！」

「作業服？　こんな時間に業者が？」

甲斐田の怪訝がる声を聞きつつ、桃芳も首をひねった。てっきり、紅から連絡を受けた警察が捜索差押許可状を持って駆け付けたのだと思ったが、違ったらしい。

「なんの用か訊いてみろ」

「はいっ」

枝川がテレビドアホンの通話ボタンを押した。

「うるせぇんだよ、てめぇ。何時だと思ってんだよ」

「あ、夜分にどうも失礼いたします。わたし、水回りの工事を請け負いますウォーターランドの田中と申します。実は今、一二〇三号室さままで水漏れがありまして、真下のお宅さまの室内を確認させていただきたいのですが」

「ああ、水漏れ？　どこも濡れてなんかねぇよ」

「天井の照明ソケットとか大丈夫でしょうか？　放っておくと、そこから湧き水のように水が滴ってくることもあるんです」

「はぁ、湧き水？　めんどくせぇな」

「ご不便をおかけいたします」

ウォーターランドの田中の声はスピーカーを通して室内に筒抜けだった。よりによって、こんなときに水漏れとは厄介《やっかい》な展開になった。

甲斐田は、冷静に天井を見上げていた。どうするつもりなのだろうかと桃芳がうかがっていると、目が合った。

微かに、蛇のような目に笑みが浮かんだ気がした。

それも一瞬のことで、甲斐田は無言のまま、手のひらを上に向けて〝入れろ〟というジェスチャーをした。

枝川がうなずき返し、ウォーターランドの田中に向かって偉そうに言い放つ。

「待ってろ。少し部屋を片付ける」

「はい、お手数をおかけいたしま」

〝す〟まで聞かずに、枝川は通話を切っていた。

逸見もさっそく動いていた。

「大船をスーツケースに押し込んでおきます」

そう言うが早いか、大船にクローゼットから引っ張り出した黒いスーツケースの中に入るよう命令し、

「妙なマネすんなよ。物音立てたら、このままダムに投げ落とすからな」

という死刑宣告に似た忠告を残し、速やかに人ひとりが入ったスーツケースを窓辺にあるガジュマルの鉢《はち》植えの脇に置いた。

ガジュマルは一般的に、金運がアップすると言われている観葉植物だ。

意味を知って置いているのか、適当に選んで置いたものなのか知らないが、特殊詐欺《さぎ》集団のアジトにだけは金運を運んでくれるなよと、桃芳は切に願った。

「水道屋、入れます！」

あっという間に場を取り繕《つくろ》い終え、枝川が玄関に走って行った。

手慣れたもんだな、と桃芳は逸見と枝川の息の合った動きに舌を巻いた。ふたりが南池袋公園から大船を拉致《らち》する早業《はやわざ》を見たときにも思ったことなのだが、手際のよさが半端ないのだ。

「おっと」

桃芳は応接テーブルの上の四百万が手付かずのままであることに気付き、置きっぱなしになっていたエコバッグの中に慌てて札束を放り込んだ。

その上から脱いだ中折れ帽を被せたタイミングで、

「こんばんは。みなさまでおくつろぎのところ、夜分にすみません」

と、作業服姿の若い男がキラキラした笑顔を振り撒《ま》きながらリビングへ現れた。まぶしい笑顔も、小鹿のような弾む足取りも、日陰者の集《つど》う陰鬱《いんうつ》な一一〇三号室にはえらく不釣り合いなものだった。

ふわふわした猫っ毛とくっきり二重《ふたえ》がかわいらしい犬顔男子。その顔に、桃芳は見覚えがあった。

ハシビロコウくん!?

かろうじて声には出さなかったものの、桃芳は水道屋を二度見してしまった。

目を白黒させる桃芳には目もくれず、水道屋はハキハキと現状を説明をする。

「上の階の一二〇三号室さまがシルバーアロワナを飼っていらして、その水槽から水漏れしていたようなんです。あ、アロワナってわかりますかね？　淡水の古代魚で体長が一メートルぐらいあるんですよ。ドラマや映画なんかで、よくヤクザが飼っていますよね。エサに生きた金魚をあげていたり、ヒットマンに襲われて流れ弾で水槽が割れたりするアレです。ハハハ」

ハシビロコウくん、ガチのヤクザの前でそのたとえは笑えないわ……。

いや、顔が似ているだけで、この水道屋は紅ではないのかもしれない。

テンションの低さとリアクションの薄さが紅のトレードマークだ。こんな陽キャラのはずがないし、こんなに愛想がいいはずもない。

「そこ、そのあたりです。一二〇三号室さまがアロワナの水槽を置いているところ」

紅もどきが、甲斐田の背後の壁を指差して訊く。

「そちらの壁と天井、近くで確認してもよろしいでしょうか？」

「どうぞ」

甲斐田の蛇のような目は背後を見ることなく、紅をじっと見つめていた。

かと思えば、あとは任せた、と逸見に言って、さっさとリビングからつながる一室に入って行ってしまった。

「天井クロスと照明ソケットの周りを見たいので、イスをお借りしてもよろしいでしょうか？　脚立《きやたつ》を上に忘れてきてしまって。えーっと、そこの鳥の巣頭のおじさん、オフィスチェアを一脚運んでもらえませんか？」

「お、おう」

急に『おじさん』と呼ばれて、桃芳は動揺を隠せなかった。

そう呼ぶということは、この水道屋はやっぱり紅なのだろうか。先ほど、『ウォーターランドの田中』と名乗っていたようだったが、そういえば、〝田中〟は全国ランキングで四位の苗字だ。

オフィスチェアを持ってそばに立つと、

「令状が間に合いませんでした」

と、紅もどきが桃芳に小声で耳打ちした。

令状とは、捜索差押許可状のことだ。

これがないと警察は原則として被疑者宅を捜索できない。警察が裁判所に請求し、裁判官の記名押印《おういん》をもらう必要があるのだが、請求の際には罪状もろもろを明記した資料を添付しないとならないため、急には用意できなかったという意味なのだろう。

例外的に令状なしでも捜索ができないこともないのだが、せっかく特殊詐欺集団の本丸に挑むのだから、警察としてはきちんと下準備と裏取りをして、一切の取りこぼしのないようにガサ入れしたいというのが本音なのかもしれない。

「それにここ、東新宿ですし」

紅もどきが短く言葉を付け足す。

「雑司が谷とは所轄《しょかつ》が違いますから」

なるほど、縄張りのしがらみもクリアしなければならないというわけだ。

「このオフィスチェア、足が動くんで支えといてやるよ」

桃芳はあえて部屋中に聞こえる大声で、水道屋を装《よそお》っている紅もどきに話しかけた。

「助かります。イスの上、失礼しますね」

と、水道屋になりきっている紅もどきのほうも声を張って話を合わせてくれた。

さりげなく桃芳が背後の様子をうかがうと、逸見と枝川は何か見られては困るものでもあったのか、オフィス用の平机にある紙の束を慌ただしく整理していた。

「ねえ、ハシビロコウくんだよね？　キャラ違くない？　愛想はいいし、ハキハキしているし、よく似た人違いかと思ったわ」

「コスプレしている間は別人なんで」

「は？」

「自分ではない誰かになれるのがコスプレの魅力だと思いませんか？」

「や、ちょっとよく意味わかんないんだけど」

「昭和コスプレ探偵のくせに」

「昭和オマージュだってば」

「あー、やっぱり水槽の真下の照明ソケットがやられちゃってますね。水が滴ってないか、床も見ておきましょう」

紅がオフィスチェアから下り、床に這いつくばった。桃芳も一緒に確認するフリをして、しゃがみ込んだ。

「で、令状もなく、警察も連れずに、ハシビロコウくんは何しに来たの？」

「夜勤でも日勤並みに元気な、アクアリウムの話になるとおしゃべりが止まらない水道業者の人のコスプレをしに来ました」

「助《すけ》っ人《と》に来たんじゃないんかい。つか、設定細かっ」

「ついでに助っ人に来ました。天満おじさんには、滞納している家賃を払ってもらうまで死なれたら困るんで」

「大家気取りかい」

「気取っていません。大家なんです」

そう言って、チラリと桃芳を見たときの死んだ魚みたいな目は、間違いなくハシビロコウくんだった。

「下には、雑司が谷警察の刑事たちも来ています」

桃芳は、ははぁ、とうなずいた。ようやく合点《がてん》がいった。

刑事たちは捜索差押許可状がないので迂闊《うかつ》にはマンション内に踏み込めないが、出てきたところに声をかけて任意で署への同行を願う、もしくは決定的な証拠があればその場で緊急逮捕することができる。

桃芳はまだ平机を片付けている逸見と枝川をそっと盗み見しつつ、ここからどう動くのが得策か考えをめぐらせた。

「ハシビロコウくんは陽動で来たってわけか。作戦は?」

「ありません」

「ないんかい」

「おれはただの大家です。作戦を練るのは、探偵の天満おじさんの仕事でしょう」

「それじゃ全然助っ人になってないし」

いやいや、ここで言い争っている暇はない。逸見、枝川、甲斐田をマンションの外に引きずり出さない限り、状況は好転しない。

三人同時は難しいが、たとえば逸見と枝川のふたりだけを外に誘い出すことならできるんじゃないだろうかと考え、ふと目の前のスーツケースが目に入った。

「ハシビロコウくん、そこのガジュマルの脇にある黒いスーツケースにぶつかって倒してくんない?」

「いやですよ。あれ、大船の遺体を詰めたスーツケースですよね」

「まだ遺体になってないし」

「ダムに投げ落とすって言っていましたよね」

「妙なことしたらな」

　実は、桃芳はこの一一〇三号室に潜入している間、スマートフォンのハンズフリー通話でずっと紅と繋《つな》がっていた。紅は室内で起きていることを把握《はあく》した上で、水道業者の人にコスプレして飛び込んできたわけだ。

「おれがぶつかって倒したら、おれが妙なことしたっていうことになって、おれまでダムに投げ落とされるんじゃないですか」

「オレオレうるさいね」

　紅が駄々をこねるので、桃芳は自分でスーツケースを蹴《け》り倒すことにした。

　ゴトン、と物の倒れる音がしたというのに、逸見と枝川は平机の上に集中していてこちらを見ることはなかった。

　仕方がないので、桃芳自ら演劇部仕込みの大声をあげることにした。

「あー、水道屋！　お前、スーツケース倒しやがったな！」

「えっ、えっ」

　目を白黒させる紅の胸倉をつかんで、桃芳は逸見と枝川を呼んだ。

「おい、そこのふたり！　こいつがスーツケース倒しやがったぜ！」

その声に、すぐさま逸見と枝川が駆け寄って来る。

「水道屋！　てめぇ、ナニ人んチのもん勝手に触ってんだよ！」

枝川に怒鳴られて、紅は青い顔になった。

「いえ、その……、すみません」

これが演技だとしたら、紅はなかなかの役者だ。

「四つん這いで床を確認していたものですから、足がぶつかるまで気付かなくて……」

よし、いいぞ。その調子で、もっと大きな声でうろたえるんだ。

「いいか、部屋のモンには一切手を触れんな」

大柄な逸見が小柄な紅に顔を寄せ、頭上から言い放った。ひと口で紅を飲み込んでしまいそうな形相《ぎょうそう》だった。

「はい、はいっ」

紅は諾々《だくだく》と首を縦に振っていた。この水道屋がドジっ子キャラであることを印象付けるには十分だった。

「なあ、このスーツケース、ここに置いておかねぇほうがいいんじゃね？」

桃芳は役者に徹して、逸見に耳打ちした。

「大船が声を出したらアウトだろ。この水道屋、ちょっと抜けてるっぽいから、また倒すかもしんねぇよ」

「チッ、厄介《やっかい》なことになったぜ」

「このあと、もっと厄介なことになるかもしんねぇよ。天井クロスが濡れてるってことは、職人を入れてクロスを貼り替えるってことだ」

「おおごとじゃねぇか」

「人の出入りが多くなる前に、お前らの黒いワンボックスカーに移動させとけよ」

「しかし……」

「車、下の駐車場にあんだろ？　ここはオレが見張っといてやっから。枝川とちゃちゃっと運んどけって」

「……そうだな」

　悪い顔をしてささやく桃芳に言いくるめられ、逸見が枝川と地下駐車場にスーツケースを運ぶ算段をし出した。

　ふたりをマンションの外におびき出す、それが桃芳の思惑だ。外にさえ出てくれれば、あとは下で待機しているという刑事の出番だ。

　エントランスだけでなく、当然、地下駐車場にも何人か捜査員を配置しているはずだから、どこからどう見ても怪しいスーツケースを運ぶふたりに、まずは職務質問という形で声をかければいい。

　ここまでお膳立てしてやれば、もう充分だろう。

そう思った矢先、リビングにつながる部屋から、甲斐田がカシミヤだと思われるロングコートを羽織《はお》って出てきた。

「逸見、枝川、わたしは先に帰る」

「あ、はいっ」

「水漏れがしていては部屋中がカビ臭《くさ》くなる。ちゃんと見てもらえ」

続けて、甲斐田は黒革の手袋をはめながら、桃芳にはこう言った。

「天満さん、そのスーツケース運んでもらえますか?」

「は?　オレ?」

「ええ、先ほど話の途中になってしまいましたから、一緒に車にどうぞ」

仕事をくれ、という話のことだ。大船をやれば受け子、逸見と枝川をやれば用心棒の仕事が手に入る。

甲斐田がどういう意図でスーツケースを運ぶように言ったのか、桃芳は頭をフル回転させて考えた。中の大船を消せという暗喩なのか、単にスーツケースをこのまま置いておいては厄介だと思ったのか。

「りょーかい」

いずれにせよ、ここは言われたとおり動くしかない。

桃芳は応接テーブルの上のエコバッグを鷲摑《わしづか》みにして、中折れ帽を被った。

「水道屋、お前、脚立《きゃたつ》取りに行けよ。足場がオフィスチェアじゃ、きちんとした仕事できねぇだろ」

「あ、はい、そうですね。そうします」

紅ひとりを一一〇三号室に残してはおけないので、桃芳は脚立を口実にして一緒に外へ出るように促した。

「しっかし、甲斐田が外に出るかぁ」

桃芳は小声でぼやいた。逸見と枝川を外に引きずり出そうとしたのは、青臭いふたりのほうが比較的たやすく警察の手に落ちると思ったからだ。

甲斐田は一筋縄《ひとすじなわ》ではいかない。自分から帰ると言い出したのも、桃芳を誘ったのにも何か裏があるのかもしれない。

桃芳は手の汗をモッズコートで拭ってから、大船を押し込んだ黒いスーツケースをガラガラと押して、前を歩く甲斐田の後に続いて玄関を出た。


下へ降りるエレベーターはすぐにやって来た。

狭いエレベーターのカゴに、甲斐田と水道屋にコスプレ中の紅、そして、黒いスーツケースを押す桃芳の三人で乗り込んだ。

甲斐田は駐車場のある地下一階ではなく、エントランスのある一階のボタンを押した。

十階、九階、八階……。

このまま何事もなく一階に着きますように。桃芳だけでなく、きっと紅もそう願っていると思うが、カゴ内では三人とも無言だった。

七階、六階……。

「そういえば、水道屋さんは下でいいんですか？」

「はい？」

「先ほど、脚立を『上に』忘れてきたと言っていたと思いますが、このエレベーターは下へ行きますよ」

甲斐田の問いかけに、桃芳はギョッとした。あのとき、すでに甲斐田は隣室に消えていたはずなのに、こちらの会話を聞いていたのだ。

桃芳は助け舟を出さなければと頭を働かせたが、

「階下への水漏れを確認できましたので、先に下の管理人室に報告に向かいます」

と、紅が先んじてキラキラとした笑顔を振り撒《ま》きながら、すらすらともっともらしいことを言い並べた。

「ああ、そうでしたか」

甲斐田は、それ以上は訊いてこなかった。

五階、四階……。

ここで、甲斐田が急に二階のボタンを押した。

「おう、二階?」

「二階から内階段を使います。防犯カメラに映らず、地下駐車場へ出られるんですよ」

「ずいぶんと慎重なんだな」

「石橋は叩いて渡る派でしてね」

二階に停止したエレベーターの扉が開き、先に甲斐田が降りた。

桃芳もあとに続いて降りたが、紅はカゴに残り、そのまま一階へ降りていった。

二階はオフィスフロアらしく、住居は入っていなかった。人気《ひとけ》のない廊下《ろうか》に桃芳と甲斐田のふたり分の靴音《くつおと》と、ガラガラとスーツケースを運ぶ音だけが響いていた。

スーツケースは中に人ひとりが入っているだけあって、かなり重い。

「ここから下に降ります」

そう言って、甲斐田が内階段へ出るための防火扉を開いた。

「お先にどうぞ」

と、扉を押さえてくれているので、桃芳はスーツケースを押して薄暗い内階段へと進んだ。この重い荷物を地下まで運んだら腰が死ぬな、なんていうことを考えながら桃芳が階段をのぞき込んだとき、

「うぐっ！」

唐突《とうとつ》に脇腹に痛みが走った。

殴《なぐ》られたのだと理解したときにはもうバランスを崩していて、桃芳はスーツケースごと階段を中二階の踊り場まで転がり落ちて行った。

防火扉の後ろに男が隠れていたようで、不意打ちを食らった格好だった。

「いってぇ」

なんとか頭だけは庇《かば》ったが、背中や肩を十数段はある階段にしたたかに打ちつけてしまった。その上、人ひとりが入ったスーツケースの下敷きになったので、ダメージは相当のものだった。

「おいおい、ずいぶんなごあいさつじゃねぇか」

「言ったでしょう。わたしは石橋は叩いて渡る派だと」

甲斐田が防火扉を閉じると、内階段は狭い階段室になった。密閉されてはいるが、手すり部分が上下階に吹き抜けになっている構造のため、声がよく響く。

桃芳は床に座り込んだまま、騒ぎに気付いた刑事たちが一階や地下の防火扉からなだれ込んで来ないものかと、淡い期待をして階下をのぞいた。

「一階と地下の扉はオートロックなので、住人以外は入って来られませんよ」

「あっそ」

「中からは扉が開きますから、ここから出たければ自力で這って出ることですね」

「そりゃどーも、ご丁寧《ていねい》に」

言葉を発するたび、殴られた脇腹に鈍い痛みが走った。

「ご覧のように、うちには力自慢の用心棒がいるので、新しく雇う予定は当分ないですね。取り引きに応じることができずにすみません」

甲斐田が薄く笑いながら、白々しく謝罪した。『すみません』なんていう気持ちなど、毛ほども持ち合わせていない顔だった。

その証拠に、桃芳を殴りつけた男に向かって、階段の途中に落ちているエコバッグを拾うように指示していた。

「うっす」

と、フライトジャケットを着た猪首の大男が応じ、機敏な動きでエコバッグを拾い上げた。こいつはいかにも力自慢だ。

「お前さん、でかい図体でいい動きすんね。その身のこなし、アメフトかラグビーでもやってた？」

桃芳にエコバッグを取り返す体力はもう残っていなかったが、人となりをプロファイルして、口だけは達者に動かした。

「そのエコバッグに四百万入ってっから、それでオレの用心棒に寝返んない？」

「惜しいですね。本当に四百万あれば寝返ったかもしれませんが、あなた、先ほど一万円でガムを捨てたでしょう?　ここにあるのは三百九十九万円です」

甲斐田がエコバッグの中から札束を四つ取り出し、カシミヤのロングコートの内ポケットに押し込んだ。

「くっそー、用心棒雇うのに一万円足りなかったかー」

おどけて言って、桃芳は壁にもたれた。

甲斐田が次にエコバッグから出したのは、三通の茶封筒だ。中身を確認し、手袋をはめた手で銀縁眼鏡《ぎんぶちめがね》をくいっと上げた。

「なんですか、これ」

「なんだと思う?」

「タロットカードですか?」

「知ってんじゃん」

「取り引きに来たのではないのですか?　肝心のキャッシュカードを持って来ないなんて、わたしたちもずいぶんと舐《な》められたものですね」

「反社の犬になるか、警察の犬になるか、どっちが長生きできるか考えたら、答えは一択だろうが」

「残念ですね。どちらが金持ちになれるかを考えてもらえたら、答えは違っていたでしょうに」

　甲斐田の手から、花吹雪《はなふぶき》のようにタロットカードがパラパラと落ちた。最後に残した一枚を握りつぶし、一輪のバラの花でも投げるかのように優雅な仕草で、それを中二階の桃芳に向かって投げつける。

「あなたとは、もっと別の出会いをしたかった」

「キザかよ。八〇年代のトレンディドラマみたいなセリフだな」

「口の立つ用心棒、実に魅力的です。笹野《ささの》は腕は立ちますが、ひどく寡黙でしてね」

　フライトジャケットを着た大男が〝笹野〟なのだろうが、自分の名前が話題にのぼったというのに無表情のままだった。

「ハシビロコウくん二号かい」

　ツッコミを入れて、桃芳は甲斐田が投げつけたタロットカードをリノリウムの床の上で広げた。カードは、〝運命の輪〟だった。

「なぁ、タロットカードの意味知ってっか？　この〝運命の輪〟ってのは、チャンス到来の暗示なんだぜ」

「わたしにチャンスが来るのか」

「オレに来るのか」

「くくっ、わたしにでしょうね」

甲斐田が勝ち誇った顔になり、笹野に命じる。

「スーツケースの中から大船を出して、代わりにあの男を押し込めろ」

「うっす」

寡黙な笹野が階段を下りてくる。

そのでかい図体に向かって、桃芳は拳銃型ライターを構えた。

「動くな」

「ああ?」

「お前さん、S?　M?　よっぽどのMじゃなかったら、そこから動くんじゃないよ。痛い思いするだけだぜ」

桃芳のめいっぱいのハッタリに呑まれたか、笹野が息を詰めて固まった。

そんなふたりを見て、甲斐田がおもしろがるように横やりを入れる。

「天満さん、それ本物ですか?」

「試してみっか?」

「仮に本物だとして、こんな狭い密閉空間で標的を外したら跳弾が危険ですよ」

「外さなけりゃいいんだろ」

桃芳は笹野の眉間《みけん》に狙いを定め、トリガーに指をかけた。

笹野は桃芳からほんの一メートル程度のところで留まり、動かない。桃芳が構えるミニチュア拳銃が本物だとすれば、この至近距離での被弾は致命傷になると思って、動きたくても動けないのかもしれない。

「甲斐田、そのエコバッグをこっちに寄越せ」

「エコバッグだけでいいんですか？　中にはもう何も、ああ、デリバリーサービスのキャップが入ってますね」

「さっきの三百九十九万を入れて、こっちに寄越せ」

「結局、金ですか」

甲斐田が内ポケットから取り出した札束をエコバッグへぞんざいに突っ込み、中二階の踊り場へと放り投げた。

桃芳は右手の拳銃型ライターは笹野の眉間を狙いつつ、左手でエコバッグを手繰り寄せた。次に、倒れていたスーツケースを階段の手すりに立てかける。

イチかバチか、ここはひとつ賭けに出るしかない。

深呼吸をしてから、

「バン！」

と、桃芳は大声で叫んでトリガーを引いた。

笹野が反射的に身を強張らせた。その刹那《せつな》の隙《すき》をついて桃芳は立ち上がり、あちこちがギシギシと痛む全身にムチを打ってスーツケースに足をかけた。

「よっこいしょういち」

そんな昭和の掛け声とともに階段の手すりを使ってスーツケースの上に立ってみれば、天井がぐんと近づいた。天井には、スプリンクラーが設置されていた。

左手で手すりをつかみ、右腕を伸ばして拳銃型ライターの火をスプリンクラーヘッドに近づける。

一拍置いて、温度ヒューズが溶けて怒濤《どとう》の放水が始まった。

「こいつ、何を……！」

笹野が我に返って動き出したときには、スプリンクラーに連動してマンション内の火災報知設備がけたたましい発報音を鳴らしていた。

「そうでしたか、そのミニチュア拳銃はターボライターでしたか」

甲斐田が放水のしぶきに顔をしかめ、悔《くや》しそうに、半ばあきれたように言った。

「笹野、来い」

「こいつとスーツケースは？」

「もういい、エレベーターで地下駐車場へ向かう」

「うっす」

「天満さん、わたしは濡れ鼠になるのはご免です」

桃芳に向かって吐き捨て、甲斐田が勢いよく防火扉を開けた。

階段室から、人気《ひとけ》のない二階の廊下《ろうか》へ。

ところが、そこにはもうすでに複数の人影が集まっていた。

「なんですか、あなたたち」

甲斐田が人影に向かって鋭く問い質すと、

「雑司が谷警察だ。なんでオレたちが来たのか、わかるな？」

と、人影が落ち着いた声で返すのが、放水の只中《ただなか》にいる桃芳の耳にもはっきりと聞こえた。形勢逆転。

「窮鼠《きゅうそ》、ならぬ、濡れ鼠猫を嚙《か》むってな」

刑事たちに囲まれて廊下に消える甲斐田の背中を、桃芳はスーツケースの上から見送った。やってやったぜ、という達成感と安堵《あんど》感が入り交じり、しばらく動けなかった。

少しして、『二十三時五分』と刑事たちが大声で時間を確認する声が聞こえた。

「てっぺん越える前にふくろう荘に帰れるかね」

桃芳は体操選手のように両手を挙げて、スーツケースから飛び降りた。

「うぐっ」

着地の衝撃で脇腹に激痛が走った。たたらを踏んだが耐えきれず、水浸しの床に膝から崩れ落ちてしまった。

「うう……。痛いし、冷たいし」

肩にかけたエコバッグはびしょ濡れだし。

「あーあ、三百九十九万がお釈迦《しゃか》だよ」

お釈迦と言えば、と思い出し、桃芳はスーツケースの中の大船に話しかけた。

「おーい、大船、お陀仏《だぶつ》になってないだろうな。警察が来たから、もう安心だぞ。東京湾や北関東送りにならないでよかったな」

このままお縄にはなるだろうが、命あっての物種だ。罪はきちんと償《つぐな》い、まっとうに生きてほしい。楽してお金は稼《かせ》げないということを知ってほしい。

「あ……。今回のこれ、タダ働きか」

苦労しても、お金を稼げないことだってある。

精も根も尽き果てた桃芳がスーツケースに寄り掛かって放水に打たれていると、管理人室で自動火災報知設備を操作したのか、やがてスプリンクラーが止まった。

それをぼんやりと見上げていると、

「立てるか」

と、節張った手を差し述べられた。顔を上げれば、雑司が谷警察のベテラン刑事が渋い顔で中腰になっていた。

「水も滴るいい探偵気取りか、天満。今回はえらい無茶したな」

「お疲れっす、鴨志田《かもしだ》警部補。なんか貧乏くじ引いちまったみたいで」

「こっちにしてみりゃ、大当たりってとこよ」

「なら、よかったっすけど」

角刈りで強面《こわもて》な生活安全課の鴨志田栄悟《えいご》警部補に向かって、桃芳はびしょ濡れのエコバッグをまずは手渡した。

ありふれた濃紺《のうこん》のエコバッグ。そうした生活雑貨ひとつから、よくぞまあ、こんなにもデカいヤマにたどり着いたものだ。

「警部補、ご覧のありさまなんで、後でいろいろもみ消しといてもらえますかね」

「はぁ、デカに尻拭いさせようってのか」

「そこはほら、エビで鯛を釣ったと思って」

「ちゃっかりしたエビだな。まずは署まで来てくれや。おたくの大家を名乗る少年から、だいたいの話は聞いてんだけどさ」

「少年じゃないですよ、あいつ。二十四なんですって」

「なんだ、名探偵には少年の助手が付きもんかと思ったが」

「明智小五郎《あけちこごろう》と小林少年っすか。昭和っすね、警部補」

鴨志田の手を借りて立ち上がると、濡れたモッズコートの重みと脇腹やら背中やらの痛みで、わずかに桃芳の身体が傾《かし》いだ。早くふくろう荘に帰って、熱々の風呂に入りたいと思った。

桃芳が鴨志田に従って一階エントランスに出たときには、マンション周辺はたくさんのパトカーと消防車、さらには野次馬までもが大勢集まっていた。

「天満、こっち、ブルーシートの中を歩きな」

と、鴨志田が警察の作ったブルーシートの目隠しの中へと誘導してくれた。

そこで、桃芳は刑事に両側から挟まれて歩く甲斐田とすれ違った。

「よう、甲斐田。さっきのタロットカードの運命の輪、あれやっぱりオレにチャンス到来だったんだな」

「しょせんは占いでしょう」

「オレから見ると正位置のチャンス到来だったが、甲斐田から見た場合は、逆位置になるんで意味が変わるんだよ」

「逆位置?」

「急転直下の暗示」

あたかも、こうなることを予言していたかのようなカードだった。

ふっ、と不敵に鼻で笑って、甲斐田が振り返った。

「天満さん、水道屋もグルですか?」

「は?」

「あの水道屋の少年、工事業者の人間にしては爪が汚れていませんでしたよね。きれいすぎます。彼も探偵なんですか？」

「よく見てんな。人生やり直す気になったら、お前さんこそ探偵になれよ」

「お断りしますよ。やり直すつもりは毛頭ないので」

蛇のような目を鈍く光らせて、甲斐田は刑事とともにパトカーに乗り込んでいった。

手錠をしていなかったのは任意の事情聴取を受けるためだからなのだろうが、身辺が真っ黒の甲斐田がこの先、無罪放免になることはまずないはずだ。

芋《いも》づる式にすべての悪事が明るみに出ることを、桃芳は願わずにはいられなかった。

甲斐田の乗り込んだ後ろのパトカーに乗るように鴨志田に言われたため、桃芳はドアの開いている後部座席へ顔だけ突っ込んだ。

「おっ、ハシビロコウくんじゃないの。お疲れ」

紅は水道屋の作業服姿から、赤いライトダウンジャケットを羽織《はお》った私服にすでに着替え終えていた。膝の上にそろえた手の爪は、確かにきれいだった。

死んだ魚のような目で、紅が桃芳を一瞥《いちべつ》した。

かと思うと、すぐにぷいっと反対側の窓へと顔をそむけてしまった。

「出たよ、その態度」

コスプレのフィーバータイムは終了し、テンションの低さとリアクションの薄さが戻っていた。

「とりあえず、コスプレでもなんでも助っ人《すけと》に来てくれてサンキューな」

「別に」

「だから、その態度」

「天満おじさんを助けようとしたわけじゃありません。家賃を回収したいのと、あと、ふくろう荘が事故物件になったら迷惑っていうだけです」

「事故物件？」

「天満おじさん、どこで死んでもふくろう荘に帰って来そうじゃないですか。地縛霊とか、ほんと迷惑なんで」

「初めてだわ、死後までディスられたの」

完全なる大家目線。これからのふくろう荘の暮らしがどうなっていくのか、桃芳は急に不安になった。

紅の隣に乗り込んだ桃芳は中折れ帽を脱ぎ、濡れてよりくるくるになっている髪を犬のように左右に振った。

「冷たいです」

「寒いんです」

「帰ったら、今夜はねぎま抜き鍋です」

「は？」

「大船にマグロの赤身を捨てられてしまったので、ねぎま鍋からまを抜いた鍋です」

　マグロへの並々ならぬ執着。

「食いもんの恨みは怖ろしいね」

「いやなら食べないで結構です」

「え……」

　誰かの手料理を食べるのは、いつぶりだろう。前の大家の東海林《しょうじ》桃子が病気で入院する前、ドライカレーを作ってもらったのが最後の気がする。

　大家の賄《まかな》い付き、それがふくろう荘の魅力だった。

「ハシビロコウくん、料理得意なの？」

　紅は相変わらず反対側の窓に顔を向け、目を閉じていた。

　赤色灯の灯りに照らされる横顔は、少しだけ、祖母の桃子に似ているように見えた。

第三話

カムパネルラの夜

「端城紅《はしじろこう》、ニューヨークはブルックリン生まれ。江東区東雲《しののめ》育ち。芸大絵画科油絵専攻卒、現在の職業は青年投資家」

東通りから一本裏に入ったところにある、隠れ家的なバー・カムパネルラ。

そのカウンター席に〝おひとりさま〟で座り、天満桃芳《あんみつももよし》はぶつぶつとスマートフォン画面を読み上げていた。

「父親は青山の美術商。なんなの、青年投資家や美術商って。ハシビロコウくんからセレブのにおいしかしないんだけど」

新しい大家だという端城紅が桃芳の前に現れてから、五日が経った。突然、雑司《ぞうし》が谷《や》の町にやってきて、

『おれも今日からふくろう荘に住みます』

と、ぶっきらぼうに宣言されたとき、桃芳《しょうじ》はさぞかし鳩が豆鉄砲を食ったような顔をしていたことだろう。もともとの大家だった東海林桃子の孫だと名乗られても、にわかには信じられなかった。

そこでこの数日をかけて、紅から聞かされた話の数々を裏取りをしてみたところ、新しい大家は何ひとつウソを言っていないことを知った。

「紅の母親の名前は、安奈《あんな》」

桃子にとってはひとり娘だったが、一八歳のときに一回り以上年の離れた三十三歳のバ

ンドマンと駆け落ちして以来、母娘は音信不通になっていた。

「親不孝もんが」

その後、安奈とバンドマンの端城純《じゅん》はアメリカに渡り、紅が生まれた。純はニューヨークで現代美術に出会い、ことさらポップ・アートに多大なる影響を受け、日本に帰国後は音楽を捨てて美術商となった。

「で、今に至ると。アンナとジュンのアメリカ物語かよ」

桃芳は鷲掴《わしづか》みにしたミックスナッツを口に放り込み、どうにもやるせない気持ちごと嚙《か》み砕くように奥歯へ力を込めた。

桃子は、娘のこうした物語を何かひとつでも知っていたのだろうか。

「孫がいたこと、知っていたのかね」

知っていたとしたら、会いたかったのではないだろうか。

顔をしかめて考え込んでいると、不意にカウンターの中からボルドーのネイルが映える指が伸びてきて、眉間《みけん》をごりごりとほぐされた。

「桃ちゃん、眉間にシワ寄ってるわよ」

「寄ってるんじゃなくて、寄せてんの」

「せっかくのイケオジが台無し」

「オレ、おじさんじゃないし。つか、おじさんにイケオジとか言われたくないし」

「アタシだっておじさんじゃないわよ」

「おばさん？」

「お姉さんよ！」

カウンター内で、ネイルに合わせたボルドーのニットワンピースを抜群のスタイルで着こなす、黒髪ボブのオリエンタルビューティーがむきになっていた。

「なあ、大雅《たいが》」

「下の名前はやめて。リリィって呼んで」

オリエンタルビューティーの名前は由利《ゆり》大雅、自称・リリィ。バー・カムパネルラのマスター兼、経営者で、女装家でもある。

「いつものちょうだい」

言うが早いか、桃芳の目の前にライムを添えたカクテルがさっと差し出された。

「何よ、これ」

「ギムレット。探偵がバーで『いつもの』って言ったら、こういうのでしょ」

「あのね、オレの『いつもの』はコーラフロートなの」

「そういうのは喫茶店で頼んで」

「んじゃ、焼き芋《いも》食いたい。それも紅はるかやシルクスイートのねっとり系」

「いいわね。コンビニまでひとっ走りして買ってきてよ」

「オレ、客なんだけど」

「そういのはツケを払ってから言って」

「そこは出世払いってことで。オレ、大物になる星のもとに生まれてるんでしょ？　リリィのタロット占い、信じてっからね」

「そうよ、アタシのタロット占いは当たるのよ。なのに、なんでかしら、桃ちゃんからは何年経っても大物になる気配がちっとも感じられないのよね」

大雅はぐちぐちと文句を言いながらも、たっぷりの氷が浮いたコーラに手際よくバニラアイスとサクランボを盛りつけ、桃芳の前に『いつもの』を置いてくれた。ギムレットはちゃっかり、自分で飲んでいた。

こうしたふたりの漫才のような掛け合いに、店内にいたほかの常連客たちからくすくすと笑い声が漏れるのが、カムパネルラのいつもの光景だ。

カムパネルラはカウンター席とテーブル席がふたつあるだけの小さなバーだが、あけすけな性格の大雅を慕《した》って、連夜それなりの客が集まる繁盛店だった。

カラン、とドアベルが鳴って新たな客が入ってきた。

「あら、麻里《まり》姉、いらっしゃい」

「こんばんは。相変わらず、この店はペンギンの保育園みたいににぎやかね」

「何よ、それ。ペンギンに保育園なんてあるの？」

「あるの。ペンギンはクレイシュっていう保育園を作って、群れで子育てするの。ペンギンってね、種類によってロバみたいに鳴いたり、カラスみたいだったり、トランペットみたいだったり、結構にぎやかに鳴くのよね」

動物トリビアを披露しがてら、パンツスーツがよく似合う大人の女性が桃芳の隣にドカッと座った。薄化粧《うすげしょう》で肩甲骨《けんこうこつ》あたりまである黒髪をシュシュで緩《ゆる》めのひっつめにした、見るからにハツラツとした女性だ。

「動物好きなんすか、麻里さん」

「大好き。動物はウソを吐かないから」

「それじゃ、今度、オレと一緒にサンシャイン水族館に行きま」

「行きません」

食い気味に拒否され、桃芳はカウンターに突っ伏した。

小篠《こしの》麻里、桃芳の三つ年上の三十四歳。

「ねえ、天満くん」

「はい？」

呼びかけられて、桃芳は小首を傾《かし》げるように顔を上げた。

麻里は小動物のようにくりくりとした目で、じっと桃芳を見つめていた。ウソや偽りを嫌う澄んだ瞳だ。眼光が鋭い。その鋭さにそそられる。

麻里は、桃芳の愛《いと》しのマドンナだった。

「焼き芋、食べる？」

「食べます！」

「冷え込んでるからかな。なんか今夜は無性に焼き芋が食べたくなって、コンビニをハシゴして買ってきちゃった」

「マジか、テレパシー？　精神感応？　以心伝心？　いやー、実は、オレも今夜は無性に焼き芋が食いたかったんすよねー。ちなみにサツマイモの種類は？」

「紅はるか」

「ですよねー。オレたちきっと、運命の赤い糸で結ばれ」

「ねぇ、みんなも食べて。ちょっと買いすぎちゃったんだよね」

「結ばれてない、と」

ハハハ、と桃芳は心で泣きながら笑った。

そんな桃芳には目もくれず、麻里はほかの客たちを手招きし、パンダのイラストのエコバッグから大量の焼き芋をカウンターに並べ出した。

「麻里さん、パンダ好きなんすか？」

「大好き。パンダってパトカーと同じ配色だから」

「それじゃ、今度、オレと一緒に上野動物園に行きま」

「行きません」

けんもほろろ。桃芳の愛しのマドンナは、桃芳にこれっぽっちも興味がなかった。

見兼ねた大雅が麻里におしぼりを差し出しながら、やんわりたしなめる。

「麻里姉、もうちょっと桃ちゃんにやさしくしてあげて。オトコってね、いくつになってもガラスのハートなのよ」

「女性にやさしくされないと割れちゃうようなハートなら、ハナからいらなくない？　わたしがこの拳で粉砕してやろうか？」

ぐっ、と麻里が拳を握った。いっそもう殴《なぐ》られてみたい。ハートどころか、顎《あご》まで粉砕骨折されてみたいと、桃芳は血迷ったことを思った。

「やっだもう、その拳で何人のオトコたちを地獄に沈めてきたのかしらね」

「リリィ、悪党どもを地獄に沈めるのに必要なのは拳じゃなくて足だからね」

麻里が今度は、これみよがしに長い足を組んだ。パンツスーツに合わせているのはヒールの低い、歩きやすそうな黒のフラットシューズだ。

「悪党じゃなくてオトコの話よ。ほんと、麻里姉はオトコっ気ゼロなんだから」

ねぇ、という大雅のあきれ顔の目配せに、桃芳は肩をすくめるしかなかった。

「麻里さん、お勤めご苦労さまっす」

気を取り直して、桃芳は麻里に向かって敬礼をした。

「名探偵天満桃芳くんも、ご苦労さま」

　麻里が敬礼を返してくれた。

「あー、それ、名探偵にくん付けはシャレにならないなー。小篠麻里鈴《まりりん》警部」

「フルネームはやめて、それこそシャレにならないから」

「マリリン、ステキなお名前なのに」

「年がバレるから」

「一九八六年生まれって?」

　麻里、正しくは麻里鈴は、当時大ヒットしていた歌謡曲のタイトルから名前を付けられたことにコンプレックスを抱いているようだった。

「でも、マリリンが一九八六年ってこと、逆に今の若い子たちは知らなかったりするんじゃないっすかね」

「何それ、わたしが若くないってこと?」

「えっ、あっ、そういうことじゃなくて」

「天満くん、公妨《こうぼう》で逮捕されたい?」

「ええっ、オレ、公務の執行を妨害したりしてませんけど!?」

「セクハラ容疑。人前で女性警察官の年齢を掘り下げるような会話をした罪」

「マジか。麻里さんにならし逮捕されてもいい」

「そういうのもセクハラ発言」

「マジか」

麻里鈴が上からの目線で、紅はるかの焼き芋を桃芳の眉間《みけん》に突き付けた。かわいい。

「麻里さん、撃つならオレのガラスのハートを」

「それもセクハラ発言」

「マジか」

「と言いたいのをぐっとこらえて、今夜は見逃してあげよう」

ふっと目もとをやわらげ、焼き芋拳銃を桃芳に手渡す。かわいい。

「天満くんには、この間、所轄がずいぶんとお世話になったからね」

「お世話なんてそんな、町の犬として当然のことをしたまでっす」

麻里鈴さまの犬として、と言いたいところだが、それを言ったらまたセクハラ発言と言われるのだろうと思い、やめておいた。

警視庁組織犯罪対策第六課、通称・組対六課のエリート女刑事。

それが、小篠麻里鈴の正体だ。組対は暴力団や外国人による組織犯罪への対応や、銃器、違法薬物の取り締まりなどに従事する専門部署なので、本来なら、桃芳が今回つぶしたような特殊詐欺《さぎ》集団を追い、検挙するべき立場にある。

「正直、悔《くや》しい。私立探偵に出し抜かれるなんて」

「オレからすれば、貧乏くじっすよ。タダ働きっすからね」

「雑司が谷警察の署長さんが感謝状出したいって言ってたよ」

「なんの、そのお気持ちだけで」

「というのは建前で？」

「感謝状より、いろいろやらかしちまったことをもみ消しといてもらえれば」

　すんなり本音を白状する桃芳に、麻里鈴があきれ顔になった。

「鴨志田《かもしだ》さんに『エビで鯛を釣ったと思って』って持ち掛けたんだってね」

「実際、甲斐田《かいた》は鯛だったでしょ？　叩けばホコリしか出てこないと思いますよ。あいつ、素直にゲロしてます？」

「黙秘してる。けど、こっからがうちの腕の見せ所だから。如月《きさらぎ》コーポレーションは、うちも前からマークしてたんだよね」

「ファンタスティック事業っすね」

「フィンテック事業ね」

　麻里鈴の鋭いツッコミに桃芳は作り笑いを返して、こっそりスマートフォンで『フィンテック』を調べた。ファイナンスとテクノロジーの造語だと書いてあった。

「まぁ、警察組織としては探偵に借りを作りたくないから、手を回せられるところには回しといてあげる。これで貸し借りなしってことで、よろしくね」

「あざっす」

桃芳が焼き芋の皮を剝《む》きだすと、同じように皮を剝いていた麻里鈴がふと店内をキョロキョロとし出した。

「なんすか、オーブ飛んでます？」

「ねぇ、天満くん、ウワサの助手くんは？」

「ハシビロコウくんのことっすか？　あいつなら助手じゃなくて、ふくろう荘の新しい大家っすよ」

「ハシビロコウ？　新しい大家くん、くちばしが長いの？　ハシビロコウって英語だと『シュービル』って名前で、『靴《くつ》のようなくちばし』って意味なんだよ」

「へー、さすが動物好きの麻里さん、詳しいっすね」

って、くちばしの長い大家なんているか？

「新しい大家、名前が『端城紅』って言うんすよ。テンションの低さとリアクションの薄さが動かない鳥っぽいんで、『ハシビロコウ』くん」

「今夜、一緒に来てるんじゃないの？」

「なんで店子《たなこ》が大家と一緒にバーに来なきゃならないんすか」

大家と言えば親も同然、なんていうのは、むかしの話だ。

ひとつ屋根の下にともに暮らしてはいても、プライベートに関してはお互いノータッチでいるに越したことはない。

「なんか、すっごい美少年って聞いたけど？」

「ハシビロコウくんは少年じゃないっすよ。ふわふわした猫っ毛とくっきり二重《ふたえ》の、芸能人で言うところの犬顔男子ってヤツっすね」

麻里鈴が焼き芋を頰張《ほおば》りながら、尋問するように質問を繰り返す。

「いくつ？」

「二十四っす」

「二十四？　それ、もう少年って言わなくない？」

「だから、少年じゃないんですって」

「それ聞いて安心した。オジサンが年端のいかない少年をたぶらかして同居、および、浮き草稼業《かぎょう》を強要しているわけじゃないんだね」

「なんすか、その犯罪のにおいしかしない設定」

「天満くん、東京都には青少年健全育成条例っていうのがあること忘れないでよ」

「忘れませんよ！　つか、オレがハシビロコウくんをふくろう荘に連れ込んだわけじゃないっすからね。ハシビロコウくんがふくろう荘に転がり込んで来たんすからね」

新しい大家として、向こうが勝手に居座っているのだ。

「ねえ、リリィはハシビロコウくんに会ったことあるの？」

「ないのよう。美少年だとか、犬顔男子だとか、気になるワードだけが耳に入ってくる生殺し状態なのよう」

「ちょいちょい、おふたりさん。そんな若造のことより、今、目の間に顔面国宝のイケメンがいることをお忘れではありませんかね？」

桃芳はコーラフロートのサクランボを艶《なま》めかしい手つきで摘《つ》まみ上げると、流し目でキザったらしく口づけてみせた。

「リリィ、そういえば、さっきお店の前を黒猫が歩いてたよ」

「あら、ラッキー。商売繁盛の暗示ね」

「無視かい」

麻里鈴と大雅に横顔を向けられ、桃芳はあてつけに品のない音を立ててコーラフロートをすすった。

「ズズズーッ」

バニラアイスの香り高い甘さ、コーラの鼻に抜けるほろ苦さ、シュワシュワと広がる刺激的な口当たり。

「はー。この味、昭和を思い出すー」

「何言ってんの、平成生まれのくせに」

昭和生まれの麻里鈴が冷ややかな目で言い放った。

「オレ、ギリ昭和生まれっすよ。一九八九年、昭和六十四年一月七日生まれ」

　翌日の一月八日から、平成に改元となった。

　桃芳は昭和最後の日に生まれた、ラスト昭和人なのだ。

「桃ちゃん、ハシビロコウくんの生年月日教えて。ふたりの相性、アタシがタロットで占ってあげる」

「知りたくないね。相性最悪とか言われても、オレ、ふくろう荘を出て行く金ないし」

「相性抜群かもしれないじゃないの」

「いやもう、相性最悪の予感しかないね。だってね、ハシビロコウくん、前の大家の桃子さんにならって朝晩の賄いを出してくれてんのよ」

「あら、したたかな子。オトコの胃袋をつかむ作戦ね」

　大雅はカウンターでタロットカードをシャッフルさせていた。指先の動きが、何やら魔女のようだった。

「あざとい子」

　麻里鈴が鼻で笑う。

「それがまずくて食べられたものじゃないってわけね？」

「いや、それがめっちゃうまいんっすよ」

「あらあら、桃ちゃん、さっそく胃袋つかまれてる」

「違うんだって、聞いて。その賄いが朝は七時半、晩は十九時半にダイニングテーブルについてないといけないってルールで、はっきり言って苦行なのよ」

「時間が決まってるなんて警察学校みたい」

麻里鈴が軽く仰《の》け反《ぞ》って目を丸くした。かわいい。

「ちなみに、今夜の献立《こんだて》は鶏肉の黒酢あんかけでした。それをふくろう荘で食べるために、オレ、商店街のシャッターを修理する仕事断ったんすよ」

「商店街のシャッターを修理するのは探偵の仕事じゃないから、そこはどのみち断ってもいいと思うけど」

「それだけじゃないんすよ。ハシビロコウくん、門限のルールまで……」

そのとき、桃芳のスマートフォンが鳴った。

「やっべ、ハシビロコウくんからＬＩＮＥだ。うっわ、マジか、門限まであと十五分しかないって!?」

スマートフォン画面の時刻は、二十三時十五分を表示していた。

麻里鈴が自分の腕時計を確認して、再び目を丸くする。かわいい。

「二十三時半が門限なの？　今まで午前さまが当たり前だった天満くんが？」

「一分でも遅れると、玄関前にオレの私物が出てるんすよ。ハシビロコウくん、オレをふくろう荘から追い出そうとしてるんすよ」

厳格なルールを押し付けて、破ったら即刻退去を強《し》いるという鬼の所業。

「オレはこの町のプライベートアイなのに。オレがこの町から追い出されたら町の人たちが困るってのに」

「ハシビロコウくんが追い出したいのはふくろう荘からであって、この町からってわけじゃないと思うけど」

「オレ、大家という巨大な権力に絶対屈したりしませんからね」

「屈しなさいよ。滞納してる家賃払いなさいよ」

「年末ジャンボが当たったら！」

桃芳は勢いよく立ち上がり、カウンターに千円札を叩きつけた。

「大雅、釣りはいらないぜ！」

「足りないから。うちのコーラフロートは一杯千百円だから」

「ぼったくり」

「ああ？」

大雅がオリエンタルビューティーのリリィの顔を引っ込め、とうに捨てたはずの由利大雅の顔になって凄んだ。

「さーせん、ツケでお願いします」

大雅を怒らせると怖い。魔女っぽい何かの呪いをかけられそうだった。

桃芳は九十度に頭を下げたのち、店の入り口近くに置かれたふくろうの置物の後ろに手を突っ込んだ。封筒が一通、差し込まれてあった。

「二十七歳、四歳の男の子のママさんだって」

大雅がリリィの顔に戻り、封筒を置いた人物について小声で説明する。

「離婚で親権を取りたいから、ダンナの浮気調査を依頼したいそうよ」

「あっそ」

「よくある依頼ね」

「だな」

カムパネルラのふくろうの置物の後ろに置かれた封筒は、天満桃芳探偵事務所への依頼書だ。桃芳が封筒をモッズコートのポケットにしまい込みながら大雅と目配せし合っていると、麻里鈴が至極まっとうなツッコミを入れた。

「天満くん、ホームページ作ったほうがよくない？　バーが私立探偵へのつなぎをするとか、時代遅れもいいところだよ」

「そこは様式美って言ってくださいよ」

「昭和のテレビドラマじゃあるまいし」

「探偵なんてのは、ちょいとばかり時代遅れなほうがカッコよくないっすか？」

「カッコよくないっす」

　桃芳の口調を真似《まね》て言い、麻里鈴が残りの焼き芋《いも》を口に放り込んだ。頰《ほお》がハムスターのようにふくらんだ横顔は、年齢よりも幼く見えた。かわいい。

「麻里さん、焼き芋ごちそうさまでした。うまかったっす」

「お礼なんていいから早く帰りなさいよ」

　麻里鈴が白い手をひらひらと振り、

「また来てね、桃ちゃん」

　大雅からは投げキッスを飛ばされ、桃芳はカムパネルラを後にした。

　ビートを刻むような足取りで路地を抜け、ふと夜空を見上げれば、オリオン座が頭上高くに南中していた。都会の空には星がないとよく言うが、

「どっこい」

　雑司が谷界隈《かいわい》からは季節の星座の瞬きを拝むことができる。

「いい町だなぁ」

　白い息を吐く桃芳の目の前を、黒猫がゆったりと横切って行った。

◆

　桃芳がギリギリセーフで門限を守った翌朝。

鬼子母神大門のケヤキ並木そばに建つふくろう荘から、焼き魚のにおいが漂っていた。

台所兼食堂で、桃芳がエボダイの干物と小松菜の味噌汁、押し麦を混ぜた白米を三角食べしていると、向かいに座るエプロン姿の紅がおもむろに口を開いた。

「天満おじさん」

「お兄さんな」

「ホームページを作ってみました」

「は?」

「天満桃芳探偵事務所の」

「はぁ?」

桃芳は箸を置いて、紅の次の言葉を待った。

「借金四百万円を返済するのに精いっぱいで家賃が払えないのは、収入が不安定だからだと思うんです。コンスタントに依頼が入るように、アクセスしやすいホームページはあったほうがよくないですか?」

「いきなりどうしたの? 昨日の麻里さんとの会話聞いてたの?」

「マリさん? ああ、組対六課の小篠麻里鈴警部のことですね。天満おじさんの憧れの人なんですよね」

「オレの個人情報どうなってんの!?」

全身を丸裸にされているような気がして、桃芳は自分で自分を抱きしめた。

「雑司が谷警察署の鴨志田警部補に教えてもらいました。天満おじさんには、これっぽっちも相手にされていないのに一方的に恋心を募らせているマドンナがいるって」

「やめて、こじらせ男子みたいに言うの」

心まで丸裸にされたような羞恥心から、桃芳は両手で顔を覆った。

「朝ごはん食べ終わったら、これ見てください」

「人の恋路を笑うヤツは、上あごに味つけ海苔《のり》が張り付く呪いにかかりやがれ」

「見てください」

食い下がってくるので、渋々と指の間から『これ』をうかがうと、紅がダイニングテーブルにタブレットを差し出していた。

身を乗り出して見てみれば、すでに完成している天満桃芳探偵事務所のホームページのトップ画面に、大きくハシビロコウのイラストが描いてあった。

「このイラストは？」

「アイコン代わりのキャラクターがいたほうが女性客がとっつきやすいかと思って、おれが描きました」

「うまいな。ああ、そっか、ハシビロコウくんは芸大卒だっけ。こういうのは朝飯前か。今は朝飯中だけど」

ハハハ、と桃芳が自分で言った寒いギャグに笑うのを、紅は死んだ魚のような目で見つめていた。ふだんからして愛想がないが、朝は一段と無愛想だった。

「やめて、その目。お兄さん、ガラスのハートなんだから」

「ハシビロコウはじっと動かずに獲物を狙うってネットに書いてあったんで、探偵っぽくていいかと思ったんです」

「確かに、そう言われると探偵っぽいな。でもなんか、ハシビロコウくんと、イメージキャラクターのハシビロコウ、ややこしいね」

「紅です」

「は？」

「おれの名前は紅、端城紅です」

「で？」

桃芳はリアクションに困り、わざとそっけなく返してみる。

「紅って呼んでほしいなら、お兄さんのことは桃芳お兄さんって呼ぶように」

「それは遠慮しておきます」

「なんで!?」

肩透かしを食らってしまい、桃芳は八つ当たり気味に朝食をかき込んだ。

きれいになったお茶碗《ちゃわん》やお椀を脇に寄せてふたたびタブレットをのぞくと、トップ画面でハシビロコウのイラストの次に目を引くのが、キャッチコピーらしき文言だった。


秘密厳守！

コンプライアンス重視！

当方、ハードボイルドな探偵ではありません

「ねぇ、ハシビロ……」

言いかけて、桃芳は鼻の頭を掻いた。

呼びかたを変えるのは少し照れ臭《くさ》い。

「……紅、この三行目いる？」

「要ります。探偵イコール、ハードボイルド、そういう先入観が女性の顧客離れを起こしているんだと思います」

「女性からの依頼もちゃんとあるって。町の人たちからは直接会ったときに暮らしのあれこれを頼まれるし、それ以外の依頼はカムパネルラをつなぎにして受けてるし」

「カムパネルラ？」

「東通りから一本裏に入ったところにあるバー。そこにあるふくろうの置物が、オレへの依頼の窓口なの。依頼書を置いといてもらうの」

桃芳がまだ探偵として駆け出しだったころ、大雅があの場所にバーをオープンさせてから、桃芳はずっとその方法で探偵稼業《かぎょう》をやってきた。

「このデジタル社会に、ずいぶんとアナログなことしていますね。そんな時代遅れな経営をしているから家賃を滞納するんですよ」

「様式美って言って。つか、本当に昨日の麻里さんとの会話聞いてなかった!?」

「別に、イヤならホームページの開設はナシにしてもいいですよ」

「お？　さっきは食い下がったくせに」

「こちらのやり方が気に入らないのなら、桃芳お兄さんにはふくろう荘から出て行ってもらうだけなので」

「ホームページ最高！　今すぐ開設しよう！」

というか、今、桃芳お兄さんって呼んでくれた！

「それじゃ、おれが管理人としてホームページを運営しますね」

「なんでそこまでしてくれんの？」

「大家ですから。滞納分の家賃はきっちり回収したいんです」

以上です、と言わんばかりに、紅が立ち上がって食器を片付けだした。

「あー、いいよ。お茶碗はオレが洗う」

「そうですか」

「今日の朝メシもうまかった。ごちそうさん」

桃芳も立ち上がり、流し台の前でワイシャツの袖《そで》をまくり上げた。

「それじゃ、おれは洗濯《せんたく》をしてしまいますので、ワイシャツとか靴下《くつした》とか、洗うものがあったら出してください」

「そういうのもいいって。自分のことは自分でやるから」

紅はふくろう荘にやって来てから、炊事《すいじ》洗濯から掃除まで、下宿屋内のすべての家事をこなしてくれていた。デニム生地のエプロン姿がすっかり板に付いている。

「別に、大家として当たり前のことをしているだけです」

「そこまでやってくれる大家、ふつういないって」

「祖母は……」

「おう、桃子さん？」

「祖母は、ふくろう荘のすべてを切り盛りしていたんですよね？」

「そうね。桃子さんがこのふくろう城を守ってくれてたから、オレは天下獲《と》りに外へ討って出ることができたわけだよな」

おどける桃芳を受け流して、紅がエプロンをいじりながら重ねて訊いてくる。

「祖母は……」

「おう？」

「どんな人だったんでしょうか?」

「面倒見のいい人だったよ。つか、ありゃもう、お節介《せっかい》のレベルだな。困っている人を見るとほっとけない性分っての? ご近所の誰々さんが厄介《やっかい》ごと抱えてるって聞くと、すーぐオレの尻叩いて手を貸せってうるさいのなんの」

桃芳がこの町のプライベートアイになったのは、桃子の影響も大きい。

「そうですか」

紅は自分から訊いておきながら、平坦な声音《こわね》で相槌《あいづち》を打つだけだった。

桃子さんのこと、知りたいの?

そう訊いてしまってもいいものか、桃芳にはわからなかった。探偵なんていう、ある意味、人の秘密を暴いて回るような稼業をしていればこそ、世のなかには暴いてはいけない事情もあることを心得ているからだ。

紅は、桃子に会ったことがないと言っていた。

桃芳はダイニングテーブルに置いていたスマートフォンを手に取ると、写真フォルダのなかから笑顔の桃子の写真を数枚選び、紅に送信した。

「去年のクリスマスの写真。お前さんのくっきり二重《ふたえ》は、桃子さん譲りだな」

「二重……」

紅がエプロンのポケットからスマートフォンを取り出し、写真を見る。

「……おれ、こんな目ですか？」

「おじいちゃんになったら、そんな目になるんじゃないの」

「これ、居間で撮ったんですか？　祖母、ヘンなパーティー帽被ってますね」

「クリスマスパーティーだからな。毎年、桃子さんの焼いたチキンと、オレの買ってきたケーキをふたりで一緒に食うのよ。そういや、今年はまだツリー出してなかったな。どこにしまってあんだろ」

そういうことまで、桃子がすべてやってくれていた。

「いい歳したおじさんが、さびしいクリスマス過ごしていたんですね」

「そういう紅は彼女さんと過ごしたりしてんの？　つか、彼女さんいんの？」

「祖母、仏間の遺影の顔と少し違いますね」

「ハナシ替えたな」

桃芳にからかわれても、紅の表情筋は動かない。

「どちらが祖母のふだんの顔なんでしょうか」

「どっちもだね。桃子さんは表情豊かな人なのよ」

「そうですか」

紅は表情に乏しい。送られた祖母の写真を喜んでいるのか、はたまた迷惑がっているのか、整った犬顔からはうかがい知ることはできない。

ただ、ディスプレイをタップはしていたので、写真フォルダにきちんと保存はしたようだった。

「ま、なんだ。桃子さんは桃子さん、紅は紅。大家だからって、おんなじようにする必要はないんじゃないの。パーペキは疲れるぜ」

「パーペキ?」

「パーフェクトで完璧ってこと」

「はぁ」

「なんで、ため息?」

いいことを言ったつもりだったのに、隙間風《すきまかぜ》の抜ける寒い台所兼、食堂が、一段と冷え込んだ気がした。

「言葉のチョイスがときどきダサいんですよね、天満おじさん」

「お兄さんからおじさんに戻ってる!?」

「台所を片付ける前に、洗濯物を先に出しておいてください」

「だから、そういうのは」

「あ、枕カバーも忘れずに。洗わないで使っていると、汗染みとおじさんのにおいが取れなくなりますから」

「おじさんのにおい!?」

洗濯機のある洗面所へ向かう紅の背中を見送りつつ、

「オレ、臭《くさ》い……？」

くんくん、と桃芳は鼻を鳴らして自分のにおいを嗅《か》いだのだった。


正午前、桃芳は東池袋の高級タワーマンションの一室にいた。

「慰謝料と養育費、それに親権が欲しいんです」

そう言って、真山樹莉《まやまじゅり》はデコラティブなジェルネイルを施した右手でティーカップを持ち上げた。左手の薬指に、結婚指輪はなかった。

「なるほど。離婚調停を申し立てることになったときに有利なように、ご主人に非があるという不貞《ふてい》行為の証拠が必要というわけですね」

「はい。わたしが頼れるのは、もう桃芳さんだけなんです」

樹莉は上目遣いに、甘えるように桃芳を見つめていた。

桃芳は気取られない程度に、軽く切れ長の目を見張った。

桃芳のことを『探偵さん』ではなく、『天満さん』でもない、いきなり『桃芳さん』と名前で呼んだ。探偵としての勘が、この依頼人には気をつけろ、と頭のなかの赤ランプを点滅させた。

カムパネルラをつなぎにして受けた依頼の詳細を聞くために、桃芳は依頼人である樹莉のもとを訪ねていた。樹莉は四歳の男の子を育てる二十七歳の専業主婦という話だが、濃い化粧《けしょう》に、きつい香水の匂《にお》いがする女性だった。

過ぎたるは、なお及ばざるが如し。

それが、桃芳が樹莉に対して抱いた第一印象だった。

「今、息子さんは？」

「幼稚園に行っています。このあと、お迎えに行かなくてはならないから、あんまりゆっくりお話ができないの。ごめんなさいね」

「いえいえ、ママさんはお忙しいですものね」

いつもきつい香水の匂いをさせて、樹莉は幼稚園の送り迎えをしているのだろうか。

桃芳はくしゃみをこらえるのに必死だった。気を紛らわせるためにくるくるパーマの髪を手櫛で整えながら、リビングの様子をうかがった。

猫足のソファやキャビネットなど、西洋アンティーク調の家具類は樹莉の趣味かと推察する。高級タワーマンションに暮らすだけあって、置いてあるものすべてがゼロのひとつ多い価格設定のものに見えた。今、桃芳が座っているダイニングチェアひとつ取っても、ふくろう荘のもののようにギシギシと音が鳴ったりしない。当たり前か。

窓際には、大きなクリスマスツリーが飾ってあった。

　これだけの暮らしができるということは、夫は相当の高給取りのはずだ。

「主人の晴喜《はるき》は、五つ上の三十三歳です。デザイン関係の仕事をしています」

「デザインというと、服飾ですか？　それともグラフィック？」

「都市計画などの環境デザイナーだそうです。あの人の仕事に興味はないので、わたしも詳しいことはよくわからないんですけど」

「そうですか」

「主人のファッションが急に若作りになったんです」

　時間がないというだけあって、樹莉がすらすらと話し始める。

「仕事へはスーツではなく、オフィスカジュアルで通勤していますから、そういうちょっとしたワードローブの変化がわかりやすいんです。お風呂へもスマホを持っていくようになったりして、これは怪しいと思いました。それで隙を見て、わたし、あの人のスマホをこっそり見てみたんです」

「不貞の痕跡みたいなものがありましたか？」

「カフェ店員の『葵《あおい》』という女と、そういう関係のようです。主人の勤め先近くのお店の店員みたいで、ＬＩＮＥに昼間も会えてうれしいというようなことが書いてありました」

「それ、証拠になるじゃないですか。スクショを残したりしていませんか？」

「それは、その……、気が動転してしまって」

「ああ、そうですよね。お察しします」

『昼間も』なんて夜も会っていると言わんばかりのにおわせ、妻からすればショックなやりとりだろう。スクリーンショットまで気が回らなくても仕方がない。

「スマホを見ることができたということは、樹莉さんはご主人のパスワードやＰＩＮをご存じなんですか？」

「いえ、寝ているあの人の指を使いました」

「あー、なるほどー」

就寝時に隙を見せるとは、晴喜はいささかツメの甘い男のようだ。

桃芳のこれまでの経験からすると、やましいことをしている夫、あるいは妻は、たいていスマートフォンの指紋認証を無効化している。パートナーに寝込みを襲われて、勝手にロック解除されることを警戒しているからだ。

「クロですよね、主人」

「うーん、実際に調査をしてみないことには断定はできませんが、ファッションが若作りになったということは、おそらく若い……、失礼、真山さんもお若いですが、さらに若い女性と接点を持った可能性は十分ありますね」

「うふふ、そういう人なんです。あの人、若い女が好きなんです」

樹莉がジェルネイルのパール粒をいじりながら笑った。

うふふ、という笑い方に、桃芳の頭のなかの赤ランプが一層激しく点滅した。

「ねえ、桃芳さん」

「はい？」

「天満桃芳探偵事務所は、バーを通した人づての依頼しか受けないんですってね」

「いやまあ、しか、ではないですけどね」

「ホームページで白々しく秘密厳守を謳《うた》う探偵事務所より、信頼できると思ったんです」

「ハハハ、そうっすか」

やばいよ、紅。例の三行の文言は白々しいってよ。

「桃芳さんなら、多少アウトローな依頼もこなしてくれるのかなって」

樹莉が頬杖《ほおづえ》をついて、また上目遣いに桃芳を見た。

美人ではあるが、まったくそそられなかった。依頼人をそういう目で見ることはないし、そもそも、桃芳は『一方的に恋心を募らせている』麻里鈴以外の女性に興味がない。

「ウチはコンプライアンス重視でやってるんで、ご期待に添えるかどうか」

「あら、そうでしたの。うふふ」

また、うふふ、ときた。

桃芳は樹莉から晴喜のＳＮＳのアカウントや、平日、休日それぞれの行動パターンなどをひと通り聞くと、ものの三十分ほどで早々に高級タワーマンションをあとにした。

「はー、外の空気サイコー」

ハックション、とまずは盛大にくしゃみをする。

振り返って、桃芳はよく晴れた冬空にそびえるタワーマンションを見上げた。

「浮気調査、ま、よくある依頼っちゃ依頼ではあるけどね。依頼人が胡散臭《うさんくさ》すぎじゃありませんかね、大雅さん」

大雅はカムパネルラに持ち込まれる依頼を桃芳につなぐとき、依頼人のおおまかなプロフィールは話しても、印象までは伝えてこない。先入観を与えないためだ。

「胡散臭くても、ま、仕事ですからね」

今回の依頼は樹莉の私生活を暴くことではない。樹莉の夫の晴喜が不貞行為を働いているという証拠取りだ。思うところはあっても、

「タダ働きはやめとけ、オレ」

そう自分に言い聞かせて、桃芳は裸木の目立つ雑司ヶ谷霊園の脇道を歩き、雑司が谷駅から東京メトロ副都心線に乗り込んだ。


晴喜の勤務先は南青山にあった。

桃芳は副都心線で明治神宮前駅まで行き、千代田線に乗り換え、ひと駅先の表参道駅で

降車した。駅から歩くこと十分。低層の洒落《しゃれ》た建物ばかりが建ち並ぶ一角に、そのオフィスはあった。

桃芳は中折れ帽を目深《まぶか》に被り、少し離れた場所から建物のエントランスを見やった。

時刻は十三時少し前。樹莉の話では、晴喜はいつもピークをずらして午後になってから昼休みを取っているらしいということだった。

「そろそろ出てくるかもな」

モッズコートのポケットからコーラガムを取り出して、桃芳は口のなかに放り込んだ。

今日はさほど北風が強くなく、日の当たるところにいればポカポカとしてくるほどの陽気だが、これから冬本番になるにつれて張り込みがキツくなってくる。

「いーや、夏の張り込みもキツいな。最近の日本は猛暑だし、ゲリラ豪雨とかあるし」

春と秋だとしても、長時間立ちっぱなしの待ちぼうけはごっそり体力を奪われる。

「そんだけ頑張っても、町のプライベートアイじゃタワマンには住めないし、猫足のソファも買えないんだもんな」

お金があって、美人の奥さんがいて、小さな息子もいる。

「なのに、なんで晴喜さんは不倫沼なんかにハマっちまったのかね」

桃芳はスマートフォンの写真フォルダを開き、樹莉からもらった晴喜の写真をまじまじと見つめた。

顔の造作が取り立てていいというわけではないが、インテリ感のにじむ眼鏡《めがね》や、身に着けている服、靴《くつ》、腕時計などはどれも高級そうで、いかにも仕事のできる男といった雰囲《ふんい》気《き》があった。

「実際、インテリで仕事もできるんだろうな」

オレもいっそキャラ変し、昭和オマージュ探偵を返上して、令和インテリ探偵を名乗ってみようか。

などと、桃芳がしょうもないことも考えていると、写真と同じ顔の男が建物のエントランスからさっそうと飛び出してきた。

「おっ、晴喜さん」

ステップを踏むがごとく、足取りが軽い。

「彼女さんに会いに行くな、ありゃ」

男なんて単純な生き物なので、逸《はや》る気持ちが簡単に表に出てしまう。

桃芳がほどほどの距離を取って後をつけていくと、晴喜は広いテラス席のある路地裏のカフェに入って行った。

中折れ帽のブリムを親指で押し上げて外観を確認すれば、

「オーガニックカフェ？」

レンガ調の壁面に冬枯れの蔦《つた》が絡まる、落ち着いたたたずまいのカフェだった。

「さすが青山、枯れ蔦さえもシャレオツに見えるな」

しばらく様子をうかがっていると、晴喜はテラス席ではなく、よりによって店内の柱の陰になる席へと案内されていった。

「見えないじゃないの」

入るしかない。桃芳は財布の中身を確認してからオーガニックカフェに入った。

運よく、晴喜を斜め向かいに見ていられる席に案内された。いつものコーラフロートを頼もうとしたが、そんなイカしたメニューはなかった。

「いらっしゃいませ、ご注文は？」

「えーっと、カカオニブとバナナのスムージーお願いします」

なんだかよく知らないが、晴喜の『Aプレートと、飲み物はカカオニブとバナナのスムージーで』と言っていた声が聞こえたので、同じものを頼んでみた。

「お食事はよろしいですか？」

「はい、いいです」

桃芳はメニューを脇によけて、さりげなく店員の顔と胸もとの名札を確認した。

長めの髪をポニーテールにした、かわいらしい丸顔の店員だった。年のころなら、二十《はた》歳《ち》そこそこ。まだ学生なのかもしれない。

名札には、手描きで『あおい♡』と書いてあった。

「ん、あおい……さん？」

うっかり、声に出してしまった。

「はい、葵です」

そう言って、あおい♡が人差し指と親指をクロスさせた。桃芳もつられて真似《まね》してみたが、ジェスチャーの意味はわからなかった。

「カカオニブとバナナのスムージーおひとつ、少々お待ちくださいね」

あおい♡が人懐っこい笑顔を残して、厨房に引っ込む。

「あおい……」

晴喜がＬＩＮＥでやりとりしているというカフェ店員の名前が『葵』だった。

これはひょっとして、と桃芳が勘を働かせて斜め向かいの席をうかがうと、晴喜がわかりやすく脂下《やにさ》がった顔をしてあおい♡を目で追っていた。

「ビンゴ。ツイてんな、オレ」

桃芳は中折れ帽を脱いでテーブルの上に置き、その下にペン型カメラを潜ませた。晴喜と〝そういう関係〟にあると思われる葵が接触する瞬間を押さえるためだ。

その前に、モッズコートを脱ぐフリをして店内を見回してみれば、客のほとんどが若い女子だった。

「モデルさんかな」

と、近くに座る女性客が桃芳を見ながら、ささやき合っていた。元モデルですけど、今は探偵です。

「イケオジだね」

おじさんじゃありません！

内心できっちり否定していると、突然、桃芳のテーブルがガタンと揺れて、誰かが前触れなく向かいのイスに座った。

「え？」

相席していたのは、赤いライトダウンジャケットを着込んだ小柄な犬顔男子だった。

「店員さん。このおじさんと同じものを、おれにも」

気だるそうに片手を挙げて注文する整った顔に、桃芳は指を突きつけた。

「紅!?」

「天満おじさん、こんなところで何してるんですか？」

「いやいやいや、それ、こっちのセリフ」

「おれはたまたま、父のオフィスに手伝いに来ていて」

「父の？　あー、そっか。オヤジさん、青山の美術商だっけ」

紅はおんぼろの下宿屋ふくろう荘の大家であり、青年投資家であり、セレブのお坊ちゃんでもあった。

「それで位置情報共有アプリを見てみたら、天満おじさんが南青山にいるみたいだったんで、お金もないくせに何やっているんだろうと思って来てみました」

「ちょいちょい、位置情報共有アプリって何よ」

「天満おじさんが本当にあった怖い話みたいなのに巻き込まれたときのために、こういうのはあったほうがいいと思うんです。大家権限で、スマホに入れておきました」

「大家権限って何よ」

オレはこうして巨大な権力に呑み込まれていくことになるのか。くっ。

桃芳は恐々と自分のスマートフォンのホーム画面を見つめた。言われて初めて気付いたが、確かにひとつ、見覚えのないアプリが入っていた。

「全然知らないけど、いつ入れたの？」

「おとといでしたか、天満おじさんがスマホで映画を観ながら居間のこたつでうたた寝していたときに」

「オレ、スマホの生体認証は無効化してるはずだけど」

「ロック解除のやり方はいろいろありますから」

「コンプライアンス！」

桃芳がテーブルを叩いたところで、葵がショコラ色のドリンクをひとつ運んできた。

「こちら、カカオニブとバナナのスムージーです。追加でご注文いただいた分は、もう少しお待ちくださいね」

「あー、はいはい、ゆっくりでいいですよ」

愛想よく葵に笑いかける桃芳に、紅が不満げな顔で言い放つ。

「おじさんのくせにスムージーなんて頼んだんですか？　それもカカオニブとバナナみたいな甘ったるいものを？」

「この色、そっか、カカオニブってカカオのことだったのか」

「知らないで頼んだんですか？　おじさんなんだから、てっきりオーガニックコーヒーあたりを頼んでいるのかと思いました」

「あのね、お前さんだっていつかおじさんになるんだからね」

内輪もめしていると、紅の背後で葵が晴喜に話しかけるのが見えた。

「あっ。紅、このスムージーやる」

「後に頼んだんですから、次に来るのをもらいます」

「いいから、先飲んで。オレ、まだガム嚙《か》んでるし」

桃芳はペン型カメラではなく、スマートフォンのカメラをすばやく立ち上げた。

「お兄さんが、スムージー飲んでる映《ば》え写真を撮ってあげよう」

「結構です」

「はい、チーズ」

カシャ、カシャ。

桃芳は紅を撮るフリをして、実際には背後の晴喜と葵を撮っていた。

紅が向かいに座ってくれたおかげで、おじさんが、いやいや、お兄さんが店内でスマートフォンのカメラをいじっていたとしても不自然ではなくなった。ふたり連れという、いいカムフラージュになって助かった。

「はい、一足す一は二」

カシャ、カシャ。

一億総法令遵守社会では、証拠取りのためであっても写真撮影には細心の注意を払わなければならない。一歩間違えば、単なる盗撮行為でしかないからだ。

勘のいい紅は、桃芳のカメラが微妙に自分とは違うところを狙っていることにすぐに気付いたようだった。少しだけ考える素振りを見せたものの、おとなしくスムージーに顔を寄せてポーズを決め出した。

「こんな感じでいいですか?」

「いいね、いいね」

「インカレサークルで女子大に通う彼女ができたばかりの意識の高い理系男子のコスプレだと思って頑張ります」

「出たよ、それ。また細かすぎる設定持ってきたな」

コスプレのフィーバータイムが発動し、紅が目力のあるキメ顔で人差し指と親指をクロスさせた。

「それそれ、なんのジェスチャー？」

「ハートです」

「ハート？　ハートってのは両手を輪にして作るもんじゃないの？」

桃芳がスマートフォンを持った両手でざっくりとハートの輪を作ってみせると、紅が角度を変えたキメ顔で言い捨てた。

「指ハートを知らないなんて、おじさんですね」

「指ハート？」

「天満お兄さん」

「この流れでお兄さんとか言われても嫌味にしか聞こえないんだけど」

「嫌味ですから」

カシャ。

キメ顔で毒を吐く犬顔男子の姿が絵になっていたので、桃芳は紅の写真も一枚撮っておくことにした。

続けて、カメラを写真から動画に切り替えた。タイミングよく、晴喜が葵の手をさっと握った決定的瞬間を動画に収めることができた。

葵は晴喜に手を握られたとき、はにかむように笑っていた。ポニーテールにしているうなじが赤く染まり、おくれ毛が艶めかしく見えた。

「ふうん」

桃芳はしばらく葵を観察していたが、スマートフォンをテーブルに置いた。

「まいっか、ここではこんなもんだな」

「どういうことなのか、あとで説明してくださいね」

「あとで指ハートも説明してくれよな」

偶然がいくつも重なって、晴喜と葵に接点があることを裏付ける写真と動画はあっさり撮影することができた。

ただ、これだけで不貞《ふてい》行為があったと主張するには少々弱い。手は握ったが、〝そういう関係〟ではないと否定されてしまえば、それまでだ。

桃芳は楽しそうに働く葵を視界の隅に捉えつつ、依頼人である妻の樹莉が言っていた言葉を思い出していた。

『あの人、若い女が好きなんです』

葵は樹莉とは正反対のところにいる女性に思えた。薄化粧《うすげしょう》で、垢抜けていない。それでいて、妙な色気があった。

「彼女さん、相手が既婚者だって知ってんのかな」

晴喜の左手の薬指に結婚指輪はなかった。いつもしていないのか、葵に会うときだけ外しているのか。そういえば、樹莉もしていなかった。

「知らないで、年上の男に騙《だま》されてんならかわいそうだけど」

「はい？　なんですか？」

「知ってて、あのポニーテールなんだとしたらおっかないな」

ぶつぶつ言う桃芳に、紅が肘をついて顔を寄せてくる。

「天満おじさん、これ、浮気調査ですか？」

ささやき声で訊かれ、桃芳はペーパーナプキンに捨てたガムを両手で丸めながら小さくうなずいた。

「なあ、紅。お兄さん、しばらく、晩メシはふくろう荘で食えないかも」

「ふくろう荘から出て行く気になったんですか？」

「うん、そうね」

「え、本当に？」

「ホテルに入るところ、出てくるところを押さえないとなんないからな。青山あたりにゃ、ラブホなんてないよな」

「ラブホ？」

「渋谷に出て、道玄坂から円山町ってとこか」

「なんの話をしているんですか」

欲望うずまくところに人間ドラマあり。

猥雑な路地を照らすネオンサインの洪水はめっきり昭和の残り香となったが、それでも都内にはまだいくつかのラブホテル街が残っている。

次なる手を考えている桃芳の耳に、紅の声はもう聞こえていなかった。

第四話

清し、この夜

「今夜、主人は帰りが遅くなるそうです」

真山樹莉《まやまじゅり》から夫の晴喜《はるき》が葵《あおい》と会うかもしれないという連絡が入ったのは、翌日のことだった。ダイニングテーブルに置きっぱなしのスマートフォンが鳴ったとき、天満桃芳《あんみつももよし》は朝食の後片付けをしていた。

ふくろう荘の今朝の献立は、きのこたっぷりデミグラスソースのオムライス。味も、卵のふわとろ加減も絶品だった。


晴喜は朝食のシリアルを食べながら、帰りが遅くなる理由を『仕事の関係先の人たちとの忘年会』と説明したという。

「見え見えのウソです。きっと、若い女と会うんでしょう」

電話越しの樹莉の声は、桃芳にはどこかおもしろがっているようにも聞こえた。

「わたしにはもう、桃芳さんだけなんです」

「そりゃどーも」

「よろしくお願いしますね。うふふ」

その『うふふ』が胡散臭《うさんくさ》い。

この日は、町の困りごとに首を突っ込むのを昼過ぎで切り上げることにして、桃芳は一度ふくろう荘で着替えをしてから晴喜のもとへ向かおうと思った。

日が傾きはじめる、十五時半すぎ。桃芳がビジネススーツに着替えて居間に顔を出すと、こたつでヘッドセットをした紅《こう》がノートパソコンとにらめっこしていた。

「では、それは向こうのマーケットが開いたときに判断します。はい、慌てて動かしても損するだけでしょうから」

オンラインで商談をしているようだった。

「さすが、青年投資家」

紅には、ふくろう荘の大家として下宿屋内の家事をこなしているだけではない別の顔があるのだ。心なしか、その横顔はいつもより精悍《せいかん》に見えた。

邪魔しないように居間を出て行こうとすると、

「天満おじさん」

と、声をかけられた。

「悪い、商談の邪魔した？」

「いえ、もう終わったんで」

ヘッドセットを外して、紅が桃芳の頭から足の先までを見て言う。

「その格好、どうしたんですか？　子どものころから好きだった食品メーカーに勤務する営業職のサラリーマンのコスプレですか？」

「違うわ。って言いたいとこだけど、あながちハズレちゃいないな」

「昭和コスプレじゃない、ふつうのスーツも持っているんですね」

「そりゃな、探偵に変装は欠かせないからな。つか、いつものダークスーツも昭和コスプレじゃないし」

「変装？」

「ああ。きのう話した浮気調査の件で、ちょっと張り込みしてくるわ。ターゲットが彼女さんとどういうとこ移動して回るかわかんないから、モブになりきれるようにビジネスマンに変装しとこうってわけ」

「眼鏡《めがね》も変装ですか？」

「おう、インテリっぽく見える？」

桃芳は人差し指で銀縁《ぎんぶち》眼鏡を、くいっ、と持ち上げた。気分は昭和オマージュ探偵から、令和インテリ探偵だ。

「きのう、オーガニックカフェでターゲットの彼女さんと顔合わせちまったから、顔バレしないようにかけてみた」

「天満おじさん、目立ちますからね」

「まあな、顔面国宝のイケメンだからな」

桃芳の軽口を無視して、紅が確認する。

「それじゃあ、今夜は夕食はいらないんですね？」

「おう。帰りも遅くなるけど、仕事だから門限とかナシな」

「そうですか」

　紅がこたつから立ち上がった。その姿を何げなく目で追い、桃芳はサイドボードの横にクリスマスツリーが飾ってあることに気付いた。

「お、クリスマスツリー出してくれたんだ？　どこにあった？」

「二階の物置になっている部屋に。やっこ凧《だこ》とか、羽子板とか、お正月飾りもしまってありました」

「やっこ凧！　そうそう、正月はいつも玄関の廊下《ろうか》に飾ってあった！　このクリスマスツリーも、毎年このサイドボードの横にこうやって飾ってたのよ」

「きのう送りつけられた祖母の写真の背景を参考にして、同じ配置で飾ったつもりです」

「えらい！　仕事のできる男は違うね」

「別に」

「今年のクリスマスは三人に増えて、桃子さん、喜ぶだろうな」

　桃芳は亡き大家を思い浮かべて、ぽつりとこぼした。桃子は季節の行事を大切にする人だった。

「祖母はもういないんですから、増えてはいませんよね」

「極楽から遊びに来るに決まってるって。なんたって、今年は孫がニューフェイスとして参加してるんだからな」

「会ったこともないんですから、孫になんて興味ないんじゃないですか」

紅が珍しく、抑揚《よくよう》をつけた声音《こわね》で言う。

「おれが会ったことのない祖母に興味がないように」

その投げやりな言い方に、桃芳はハッとした。

紅は桃子に関心があるのかと思っていた。

いや、関心があると思いたかったのかもしれない。会ったことがないからこそ、孫は祖母の生きざまをたどるためにふくろう荘の大家になったのではないかと、桃芳は勝手に物語を創っていた。

「興味ないわけないじゃないの」

少なくとも桃子さんは、と続けようとして、桃芳は言うのをやめた。

血の繋《つな》がりのある祖母と孫を前にして、ただの下宿人でしかない自分が何を言っても薄っぺらく聞こえてしまいそうだった。

桃芳がクリスマスツリーのトップにあるベツレヘムの星を見つめて黙り込んでいると、紅が唐突《とうとつ》に、

「ラブホテルのこと調べました」

と、話を変えた。

「ラブホってディープな世界なんですね。昭和のころにはゴンドラや回転ベッド、鏡張り

の天井なんていうのもあったって、ネットで見ました」

「お、おう？」

　話題の落差が激しくて、桃芳は少々面喰らってしまった。

「最近のラブホはインバウンド集客に舵《かじ》を切っているところも多いみたいですね。あとは、女子会に使われたりもするらしいですよ」

「そうなの？　なんで女子会？」

「ラブホって、女性向けアメニティが割と充実しているらしいんですよ。あとは、若い女子からすると、ラブホの雰囲気《ふんいき》そのものが昭和レトロっぽくてエモいんですって」

「ははあ、確かにラブホの内装はザ・昭和って感じで映えるもんな」

「天満おじさん、入ったことあるんですか？」

「えっ。逆に訊くけど、紅はないの？」

「ないわけないじゃないですか」

　ぷいっ、と顔をそむける紅を見て、桃芳はニヤニヤと笑った、

「ラブホは十八歳未満利用禁止だよ」

「おれは十八歳未満じゃありません。っていうか、張り込みに行くんですよね？　さっさと行ったらどうですか？」

「おっと、そうだった」

桃芳はいつものモッズコートではなく、ビジネススーツに合わせたAラインのチェスターコートを羽織《はお》りながら慌ただしく玄関に移動し、階段下に置いてあったビジネスリュックを背負った。

「よっこいしょういち、と」

「その言葉のチョイス」

「探偵なんてのは、ちょいとばかり時代遅れなほうがハードボイルドでいいんだよ」

「当方、ハードボイルドな探偵ではありません」

「だから、その三行目いらなくない？」

紅は律儀に、玄関まで見送りに出てくれていた。

「そのリュック、重そうですけど、何が入っているんですか？」

「これ？　フッ、探偵の七つ道具」

桃芳は玄関の引き戸に手をかけ、肩越しに顔だけで見返るポーズを決めた。

が、無視である。

「行ってらっしゃい」

シッシッ、と紅は犬猫を追い払うようにスナップを利かせて手を振っていた。ナメている。完全にナメられている。

それでも、なんとなく『行ってらっしゃい』という声がけに桃子がいたころのふくろう

荘が思い出されて、

「行ってきます」

と、桃芳は苦笑いで応じて、雑司《ぞうし》が谷《や》の町をあとにした。

玄関で誰かに送り出してもらえる毎日は、少しくすぐったいものだと思った。

◆

真山晴喜が南青山にある勤め先の建物から出てきたのは、桃芳が張り込みを始めて四十分ほど経った十八時少し前のことだった。

仕事終わりの晴喜は浮かれた足取りで、冬枯れの蔦が絡まるオーガニックカフェの方角へと向かって行った。

「はー、やっと動いてくれたー」

立っているだけだと、足の先からしんしんと冷える。今夜は日が暮れてから一気に気温が下がり、発熱性の保温肌着を着ていても歯が鳴るほどに寒かった。

桃芳は晴喜の背中を追いがてら、たまたま視界に入った自動販売機の前でつと足を止めた。張り込みをしているときは頻繁にトイレに行くことができないので、なるべく水分を摂《と》らないようにしているのだが、お汁粉のドリンク缶を見つけてしまった。

「今買わないで、いつ買うの」

ガッタン。

と、音を立てて出てきたお汁粉のドリンク缶は焼け石のように熱かった。

「はー、あったけー」

桃芳は両手で缶を転がしながら、ふたたび晴喜を追った。

晴喜がオーガニックカフェへとやって来たとき、かわいらしい丸顔の店員はすでに私服に着替えて店の外に立っていた。あおい♡だ。

昨日の葵は長めの髪をポニーテールにしていたが、今日は下ろしてふんわりと毛先をカールさせていた。薄化粧《うすげしよう》から打って変わって、夜目にもはっきりとわかるくらいにしっかりとメイクもしている。

「ふうん」

どちらが本当の顔なのかわからないが、そんな葵に晴喜はデレデレだった。

ふたりが腕を組んで歩き出した。こうなるともう、ただの常連客とカフェの店員という言い逃れは難しい。

仲睦《なかむつ》まじく見えるカップルは、表参道にあるイタリアンレストランに入って行った。桃芳が店先に近づくと、店内からほんのりとガーリックの香りがした。

「うっわ、食欲そそる匂《にお》いだな」

黒板のメニューボードに書かれた季節のおすすめには、クリスマスディナーコースという文字が躍っていた。

「なるほどね。これ、少し早いクリスマスデートってやつか」

晴喜には小さな子どもがいるので、クリスマスイブや当日は家族と過ごすことになるはずだ。ならば、今夜は前倒しで、葵とクリスマスを祝うつもりなのだろう。

桃芳はいつか愛《いと》しのマドンナとクリスマスを祝う日が来ないとも限らないので、参考までにスマートフォンで店の評判などを調べてみた。

「ふうん、レビューサイトの評判はすこぶるいいじゃないの。ホタテとブロッコリーのタリアテッレ、ヒラメのカルパッチョ・ラビゴットソース、ランプ肉の炭火焼き……。なんだかよくわかんないけど、どれもこれもうまそうだな」

立地などを考えれば、当然のことながら、店の価格設定はかなり高めだった。

「神さま、年末ジャンボが当たりますように」

一等と前後賞合わせて十億円が当たったら、滞納しているふくろう荘の家賃を払って、借金も返済して、

「麻里《まり》さんと結婚しよう」

妄想するだけなら公務執行妨害にはならないはずなので、小篠麻里鈴《こしのまりりん》にプロポーズを受けてもらえることを前提に、桃芳は夢を膨《ふく》らませていく。

赤い屋根の小さな家を建てよう。

黄色いパンジーを庭に植えよう。

「部屋には古い暖炉《だんろ》があって、麻里さんはレースを編んでいて」

その横では大きな白い犬が眠っている。

「やべ、幸せすぎて泣きそう」

それ以上に、虚《むな》しすぎて慟哭《どうこく》しそうだった。

いたたまれない気持ちになったので、桃芳は店から少し離れて、手に持ったままだったお汁粉を一気に飲み干した。

「神さま、マジで年末ジャンボが当たりますように」

桃芳は心と身体が冷えきらないように周辺をぐるぐると歩き回りながら、晴喜と葵がイタリアンレストランから出てくるのを待った。

こういう店でコース料理を食べるとなると、滞在時間はおよそ一時間半から二時間といったところだ。読みどおり、二時間に少し欠けるくらいの十九時五十分には、ふたりが店から出てきた。

「さて、こっからだな」

桃芳は口のなかにコーラガムを放り込み、寄り添う晴喜と葵の背中を追った。ワインでも飲んで気分がいいのか、ふたりの距離は先ほどよりも一層近づいているように見えた。

「次は、どちらへ向かいますかね」

晴喜が今朝がた、樹莉に『今夜は遅くなる』とわざわざ断ったと言うことは、食事だけして別れるとは思えない。下世話な話だが、〝そういう関係〟であるところの最大のお楽しみが、このあとに待っているに違いなかった。

ふつうに考えれば、手っ取り早くラブホテルに直行する。

しかし、晴喜は金がある。そして、葵は年下。さらに、今夜はおそらくクリスマスデート。とくれば、晴喜としては男の余裕を見せたいはずなので、ラブホテルではなくシティホテルの予約を取っている公算は大きい。

「青山通りで、タクシー拾うかもしんないな」

晴喜が通りに出てきょろきょろとし出したら、その数メートル手前でこちらが先にタクシーを拾ったほうがいい。ドライバーには、前方にいるふたりが乗り込んだタクシーを追うように頼もう。

『それは尾行するということですか？』

『はい、お願いします』

『お客さん、刑事さん？』

『いえ、私立探偵です』

すると、白髪まじりの初老のドライバーの口調ががらりと変わり、

『そうかい、探偵にゃ相棒が必要だな』

そう言って、手袋をした手でハンドルを握り直す。

『シートベルト締めな、飛ばすぜ』

『いえ、安全運転で』

『おっと、相棒、おしゃべりしてると舌嚙《か》むぜ』

バックミラー越しに口の端を上げて笑うドライバーの目は、どこか山犬を思わせる獰猛《どうもう》さを宿していた——。

なんていうスリリングな展開は昭和のテレビドラマにはあっても、令和の今にはあり得ない。コンプライアンス研修を受けているタクシードライバーなら、尾行というグレーな行為に警戒して、露骨にイヤな顔をしたりもする。

「当然っちゃ当然だけどな」

探偵だって、令和の今は一にコンプライアンス、二にコンプライアンス、三、四がなくて、五もコンプライアンスだ。やりづらい世の中になった。

桃芳は晴喜と葵を付かず離れずの距離で尾行しつつ、ガム風船を膨らませた。

「あ、ビジネスマンは歩きながらガム風船なんか膨らまさないか」

気分を切り替えるように、パチン、と音を立ててコーラガムを破裂させた。

そうこうしているうちに、晴喜と葵は宮益坂までやってきていた。

「あー、そういうことかー」

宮益坂の街路樹がゴールドのイルミネーションに彩られ、再開発中の渋谷駅に向かってまばゆいばかりの光のページェントとなっていた。

「クリスマスデートだもんな。女子はこういうの見たいよな」

あたりを見回すと、カップルや女子のグループ、あるいは外国人観光客がスマートフォンでイルミネーションの写真を撮っている姿が目に付いた。

葵が立ち止まり、腕を伸ばして頭上のイルミネーションの写真を撮影し出した。

好都合。桃芳はビジネスリュックから探偵の七つ道具のひとつ、デジタル一眼レフカメラを取り出して、イルミネーションを撮るフリをして葵に向けてシャッターを切った。

夜間はスマートフォンでは鮮明な写真が撮れないので、デジタル一眼レフカメラは欠かせない。七つ道具のその二、望遠レンズも必需品だ。

桃芳は望遠でフォーカスを合わし、顔を寄せ合って自撮りしている晴喜と葵をしっかりとカメラに収めた。

その後、ふたりは渋谷駅を越え、道玄坂へと歩みを進めていった。

「これってやっぱり、円山町コース？」

師走《しわす》の夜の道玄坂は、コートで着膨れた人たちでにぎわっていた。すれ違う人と肩やビジネスリュックがぶつからないように、気をつけて歩かなければならないほどだ。

なだらかな上りが続く坂の途中で、晴喜が葵の肩を抱いてすっと右手の路地へと入って行った。通称、ランブリングストリートと呼ばれる路地だ。

このランブリングストリートの西側に広がる円山町には、もともと花街《はなまち》があった。昭和のころまでは黒板塀《くろいたべい》の料亭が建ち並び、芸妓衆《げいぎしゅう》の三味線《しゃみせん》の音が聞こえるような町だったらしいが、時代の流れのなかで景色は様変わりし、バブル時代にはすっかりラブホテル街としてその名が知られるようになっていた。

「クリスマスデートにラブホかい」

清し、この夜。

清くないことをする、この夜。

葵は、それで満足なのだろうか？

桃芳はビジネスリュックから探偵の七つ道具のその三、コンパクトデジタルカメラを取り出して、チェスターコートのポケットに忍ばせた。一眼レフカメラでは目立ってしまうような場所での撮影に、手のひらサイズのコンデジは役に立つ。

道玄坂の喧騒《けんそう》から逃れた晴喜と葵は、いつも利用するラブホテルが決まっているのか、まっしぐらにただ一軒を目指して歩いているように見えた。

狭い路地には、それなりの往来があった。ラブホテルがひしめくエリアではあるが、円山町には飲食店もあれば、住居だってある。歩いているのは、何も秘めごとを楽しむ男女ばかりではないのだ。

やがて、ふたりが歩を緩《ゆる》めたのは、コインパーキングの隣に建つスタイリッシュな外観のラブホテルの前だった。

晴喜に肩を抱かれている葵が足を止め、突然、後ろを振り返った。

とっさに、桃芳はコインパーキングの精算機へと向き直った。

危ない。変装をしているとはいえ、尾行で一番やってはいけないのはターゲットと目を合わすことだ。先日、特殊詐欺《さぎ》の受け子だった大船健斗《おおふなけんと》を尾行しているときも、目が合ってしまって失敗した。

葵は不倫の自覚があるのか、しきりに周囲をうかがっていた。その様子を、桃芳は精算機の陰からコンパクトデジタルカメラの動画に収めた。

ファインダーのなかのふたりがラブホテルに吸い込まれていくまでに、さほど時間はかからなかった。

「あっけないもんだな」

葵が振り返ってくれたため、顔がばっちり映る証拠映像が撮れた。

「あとは出てくるところを押さえるだけか」

警戒心の強いターゲットは時間差を作ってラブホテルに別々に入り、別々に出てくるということがあるが、晴喜はそうしたアリバイ工作に疎《うと》いようだった。

そもそもがスマートフォンの生体認証を無効化していないところからしても、妻に浮気を疑われているとは露ほども思っていないのかもしれない。

もしくは、そんなことに気が回らないほど、若い葵に夢中になっているのか。熱しやすく、調子に乗りやすい性格。

「はしゃいで見える葵のほうが、逆に冷静だな。計算高い」

桃芳は晴喜と葵をそれぞれプロファイルして、ラブホテル壁面の料金表を確認した。

「レストは二時間で三千五百円から、三時間で四千五百円からか。こういう〝から〟ってのが曲者《くせもの》なんだよな」

スマートフォンでホテル名を検索してみると、やはり部屋の間取りによって値段はピンキリになっており、一番グレードの高い部屋では三時間で八千円超えの設定だった。

「男を見せるならピンを選ぶよな」

遊びならキリ。ピンでもキリでもラブホテルに入った事実は変わらないが。

いずれにせよ、二時間、ないし、三時間は二人は出てこない。四時間、五時間のプランもあるが、それだと終電に間に合わなくなる。

「三時間、ヒマだな」

念のため、桃芳は建物の反対側に回り込み、裏手に駐車場入り口がないかをチェックした。幸いにも、路地の中ほどに建つこぢんまりとしたラブホテルには駐車場はなく、正面以外の出入り口はないようだった。

ふたたびコインパーキングに戻った桃芳は、黄色いU字型のバリカーに腰掛けて両手に白い息を吹きかけた。

「さみー」

夜空を見上げても、ネオンサインがうるさくて星のひとつも見えなかった。

「マフラー、ふくろう荘に忘れてきちゃったんだよな。コートと一緒に二階から持って出たつもりだったのに、どっかに落としたかな」

桃芳は探偵の七つ道具のその四、使い捨てカイロを取り出すために、ビジネスリュックを背中から前に回した。

その手もとに、不意にあたたかいものを投げつけられた。

「うおっ」

「ふくろう荘の階段に落ちてましたよ。マフラー」

「紅!?」

「小学生じゃないんですから、忘れ物して出かけないでもらえます?」

あたたかいものは、カシミヤのマフラーだった。

「どうしたの、紅、こんなとこで何してんの。また位置情報共有アプリ?　ヒマなの?　オレのストーカーなの?」

疑問符を並べる桃芳を、紅が死んだ魚のような目でにらみつける。

「ヒマ潰しや、ストーキングするために位置情報共有アプリを見るわけじゃありません。マフラーを届けてあげようと思って見たんです。年末年始に風邪《かぜ》ひいて寝込まれても迷惑なだけなので」

言い募る紅は心なしか、くちびるをとがらせていた。

「おれが表参道駅に着いたときには、天満おじさん、宮益坂に移動していました。しょうがなく、タクシーを拾って追いかけたんです。その間も、どんどん渋谷駅のほうに向かって動いているみたいだったので、ひょっとしたら円山町に向かっているのかと思って、先回りしようと考えました」

「おー、いい勘してるじゃないの」

「ですけど、渋谷駅周辺が混んでいて、タクシーが動かなくなってしまったんです。だから、途中で降りて歩いてきました。疲れました」

「そりゃ悪かったな。ありがとな」

文句たらたらな言い方ではあるが、要約すれば、桃芳が寒い思いをしていないかと心配になってマフラーを届けてくれたということだろう。

その気持ちがうれしくて、桃芳は紅に使い捨てカイロを差し出した。

「お礼に、探偵の七つ道具くれてやる」

「こんなのが七つ道具なんですか?」

「そうよ、冬は防寒対策は万全にしないとな」

「マフラーを忘れて出ていった人のセリフとは思えませんね」

そう言って、自分のマフラーを口もとまで引き上げた紅は、いつものラフな格好ではなく、スーツ姿でダッフルコートを羽織《はお》っていた。

「紅、なんでスーツなの？　七五三なの？　就活なの?」

「パワハラもいじめもないホワイト企業に勤務しているくせに、おれはこんなことがやりたくてこの会社に入ったんじゃないとか言い出す、社会人三年目のコスプレです」

「そこはかとなく毒のあるコスプレだな」

「天満おじさんが営業職のサラリーマンのコスプレをして出かけたので、おれも合わせたほうがいいんじゃないかと思って」

「オレのは変装な」

桃芳が眼鏡《めがね》を上げて訂正《ていせい》するのを無視して、紅がキョロキョロとあたりをうかがう。

「それで、ターゲットは?」

今さらながら、声をひそめて訊いた。

桃芳は無言で、正面のスタイリッシュな外観のラブホテルを指差した。

「ふたりが中に入るところ、写真撮れたんですか?」

「ばっちり」

ばっちりし過ぎていて、桃芳は違和感を覚え始めていた。

証拠取りはパズルのピースをひとつずつ埋めていくような地道な作業のはずなのに、ピースが大きくて手応えがない。モヤモヤする。

「今はふたりが出てくるのを待っているわけですね」

「そゆこと」

ふたりが出てくる姿を確認したときに、このモヤモヤの正体がわかるような気がした。

「ここがエントランスなんですか？　一面壁で出入り口がないように見えますけど」

「ラブホにエントランスもへったくれもない。なるべく人目に付かないように、出入り口はたいていこんな感じ」

「人目に付きたくないなら、こんなところに来なければいいのに」

「人は欲望と好奇心には勝てない。それが失楽園ってやつでしょ」

「失楽園……」

紅は理解できないと言わんばかりに、首をすくめていた。

その潔癖な態度を見ていたら、桃芳にピンと閃《ひらめ》くものがあった。

「なあ、紅」

「はい？」

桃芳は切れ長の目をキツネのように細めて、悪い顔になった。

「お兄さんに、カラダ貸してくんない？」

「カラダ……、えっ、カラダ!?」

後ずさろうとする紅の腕を先んじてつかみ、すばやく手をつないだ。それも、指と指を絡める恋人つなぎにする。

「紅の初めて、オレにくんない？」

「はい!?」

「いいか、これはコスプレなの。オレたちは同じ会社、同じ部署の先輩後輩。ひとつのプロジェクトに向かって手を取り合ううちに、いつしか、心の底から手を取り合うようになったふたりなの」

「コスプレ？」

桃芳は、晴喜と葵がいるラブホテルの真向かいにある建物へ目を向けた。西洋の古城風の造りのラブホテルだった。

「あそこに入りたい」

「寒さで頭がおかしくなりましたか？」

「あっちのラブホ、通りに面して窓がある。室内から、こっちのラブホの出入り口が見えるんじゃないかね」

「室内から……」

紅がくっきり二重《ふたえ》の目で、向かい合うふたつのラブホテルを見上げた。

「この寒空の下でターゲットが出てくるのを三時間待つのと、暖房の効いた部屋で三時間待つの、どっちがいい？」

「おれ、もう帰りますから。マフラー届けに来ただけですから」

「ラブホによっちゃ、男ひとりの利用は断られんのよ」

「ふたりなら断られないんですか？」

「断られることもある」

「それなら意味ないじゃないですか」

「ラブホ、入ってみたいと思わないの？」

桃芳にじわじわと追い詰められて、紅が黙り込んだ。

「入ったことないんでしょ？」

入ったことがあるなんていう見え透いたウソ、探偵には通用しない。

人は欲望と好奇心には勝てない。

紅は一度は顔をうつむかせたものの、ネオンサインのスポットライトの下、きりっと犬顔を上げた。

「天満先輩となら、おれ、怖くないです」

はい、コスプレのフィーバータイム発動。

恋人つなぎにした桃芳の手を引っ張るようにして、紅が西洋の古城風のラブホテルに向かって歩き出す。腹が決まれば、あとは早かった。

「初めてでも、怖くないです」

いやいや、二回言ったら、それは怖いってことでしょうよ。

「ようこそ、失楽園へ」

桃芳はくつくつと笑いながら、紅と肩を並べて背徳の城へと入って行くのだった。


「天満先輩、この天井につながる筒みたいなの、なんですか？」

同じ会社、同じ部署の先輩後輩という設定を守りつつ、紅がダブルベッド脇に設置されたパイプ管を指差して訊いた。

「あー、それはエアシューター。カプセルにお金を入れて空気で吹っ飛ばせば、フロントの人と顔を合わせずに料金を精算できる画期的なシステム」

「こんなものが画期的？」

「昭和のラブホにはふつうにあったらしいけど、最近じゃ、なかなか見ないな。このラブホ、かなり古いんじゃないの」

「入ってすぐに、ロビーに各部屋の写真がパネルにして貼ってありましたよね？　そこから好きな部屋を選ぶのが、ラブホテルの常識なんですか？」

「それも昭和のラブホって感じがするな。新しいところは、外国人観光客がホテル代わりに泊まったりするから、シティホテルと変わらない仕組みのところも多いよ」

「そうですか」

紅は初めて入ったラブホテルに興味津々《しんしん》らしく、桃芳は先ほどからこの調子で質問責めにあっていた。

薄暗い室内には、枕がふたつ並んでいるダブルベッド、ドレッサー、簡易冷蔵庫、テレビ、カラオケ機材など、必要最低限のものしか置いていなかった。円山町のなかでも、かなり古いラブホテルだと思われる。値段も、三時間三千五百円と安かった。

「男同士でも利用拒否されなくてよかったですね」

「そうだな。今はジェンダーへの理解が広まってるからな」

紅の質問にひとつひとつ丁寧《ていねい》に答えながら、桃芳は小さな窓にかけられた厚めのカーテンをわずかに開いて、外を見た。

桃芳が選んだ部屋は二階にあった。思ったとおりに、すぐ目の前に晴喜と葵のいるホテルの出入り口が見下ろせた。

ここからカメラのシャッターを切ると、上からの俯瞰《ふかん》のアングルになり、ふたりの顔をはっきりと映すことはできないかもしれない。それでも、入って行ったときの写真を押さえているので、同じ服装をしていれば同一人物と証明することができる。

「紅のおかげで、寒さで頭がおかしくならずに済んだわ」

「おれのほうはとりあえず、つないだ手は指の間まで石鹸《せっけん》で二回洗って、アルコール消毒もしておきました」

「オレはバイ菌かい」

「おじさん臭《くさ》さが伝染《うつ》ったらイヤなので」

「臭いって言った！　イヤって言った！」

ツッコみを入れつつ、桃芳はうっすらと結露している窓ガラスを触った。

「これ、回転式の窓か。開くのかね」

ラブホテルは防音対策で、しっかりとした窓ガラスを入れていることが多い。客が勝手にカギをいじれないようにしてあるところもあるが、

「あ、開いた」

このラブホテルはすんなり窓を開けることができた。

冷たい風と、階下の喧騒《けんそう》が一気に室内に流れ込んできた。

「寒いです」

「臭いお兄さんと狭い部屋にふたりきりじゃ息が詰まるんじゃないの？」

　桃芳は夜風を顔で受けるようにして、ダブルベッドに腰掛けた。手もとには望遠レンズを付けた一眼レフカメラを置き、階下に動きがあればすぐにシャッターを切れるようにしておいた。

「天満先輩」

「おう？」

「ラブホって、ソファはないんですか？」

「あるとこもあるし、ないとこもある。新しいラブホや、古くてもグレードの高い部屋にはだいたい置いてあるよ」

「そうですか」

　急に声が遠くなった気がして桃芳が振り返ってみると、紅はドア近くの壁に張り付いて立っていた。

「何よ、緊張してんの？　チョメチョメしたりしないから、こっち来てベッドの反対側に座んなさいよ」

「別に、緊張とか、ゼンゼン、天満先輩にするわけないじゃないですか」

　紅がぎこちなく言って、ダブルベッドの端にちんまりと座った。この狼狽《ろうばい》ぶり、コスプレ中は別人になれるんじゃなかったのかとツッコミたい。

　桃芳は笑いをかみ殺して、窓へと向き直った。

「天満先輩」

「おう?」

「ラブホにやけに詳しいですけど、こういうところにいつも誰と入るんですか?」

「あー、そーねー。大雅《たいが》と」

「タイガ?」

「前に、依頼のつなぎをしてもらってるバーがあるって話したよな?」

「カムパネルラですね」

「大雅はそこのマスターで女装家。これが結構なオリエンタルビューティーなのよ」

「へえ……って、男同士!?」

紅が立ち上がって、ふたたび壁に張り付いた。

「違うから! 変装で男女を装うときの話だから! 大雅には偽装カップルになってもらうことがあんのよ」

「偽装……」

紅は死んだ魚のような目を半眼《はんがん》にして、桃芳を見ていた。完全に疑っている目だ。

「やめて、その目。大雅とチョメチョメとかあり得ないから」

「そのチョメチョメってなんなんですか」

「マジか、山城《やましろ》パイセンを知らないとは」

「ヤマシロ？　おれはハシジロですけど」

「知ってるわ」

桃芳は嘆息し、くるくるパーマの髪をくしゃくしゃといじった。

「前に一度、大雅に送るつもりのメッセージを、間違えて麻里さんに送っちまったことがある。『今夜、池袋北口で待ってる』って」

「池袋北口って？」

「ここみたいな、ゴリゴリのラブホ街」

「サイテーですね」

「一か月は口きいてもらえなかった」

愛しのマドンナから蔑《さげす》みの目で見られることに、それはそれでゾクゾクしたことは言わないでおこう。

「たかが恋愛に、恋心こじらせてますね」

「お前さんには、まだわかんないだろうね。報われない恋ほど、スイートで透明なもんはないのよ」

「報われないって、自分でわかっているんですね。痛いですね」

「探偵なんてやってると、ビターで濁《にご》ったもんばっかり目にすることになるからな」

桃芳はベッドに後ろ手をついて、昭和レトロなシャンデリアを見上げた。

「今回みたいな浮気調査って、年間とおして結構あんのよ。町の困りごとに首を突っ込む以外は、八割がたがこの手の調査ってぐらい」

「驚きです。そんなに時間を持て余している人がいるなんて」

「浮気に時間のあるなしは関係ない。欲望と好奇心があるか、ないか」

「失楽園ですか」

「欲望にもいろいろある。やりたいだけの生理的欲求から、心の居場所を求める承認欲求まで、だから、不倫のカタチはひとつじゃない」

「よくわかりません。おれなら浮気は絶対にしません」

紅が桃芳に背中を向けて、ダブルベッドに座り直した。

「オレだってしないよ。浮気なんかしたら麻里さんに殺されるもんね」

「大丈夫です。小篠警部は天満先輩にこれっぽっちも興味がないですから。むしろ、こじらせ男子が視界から消え去ったって喜びます」

「やめて、オレの存在を否定しないで」

「さっき、自分で報われない恋だって言ったんじゃないですか」

あきれ声で言う紅は、子どものように足をぶらぶらとさせていた。ふだんどおりの会話をしているうちに、少しずつ緊張が解けてきたのかもしれない。

「ところで、紅、腹減ってない？」

「そう訊かれると、急に空いた気がします。ふくろう荘にレンコンや里芋《さといも》の冬野菜カレーを作ってあるんですけど、食べる前に出てきたので」

「何、レンコンや里芋って！　それ絶対おいしいヤツ！」

「カレーなら作り置きができますから、天満おじさんが何時に帰ってきても食べられると思ったんです」

先輩呼びが、おじさんになった。コスプレのフィーバータイムは終わったようだ。

桃芳はビジネスリュックから、探偵の七つ道具のその五を取り出した。

「張り込みのお供の、あんぱんと牛乳食べる？」

紅が振り返り、桃芳が差し出した菓子パンとジュースの紙パックをまじまじと見る。

「これ、どこからどう見ても、メロンパンとイチゴ牛乳ですよね？　あんぱんと牛乳じゃないですよね？」

「張り込みって言ったら、あんぱんと牛乳でしょ。でも、オレ、あんぱんよりメロンパンが、牛乳よりいちご牛乳が好きなのよ」

「それならそれで、ふつうにメロンパンといちご牛乳って言えばいいんじゃないですか」

「それじゃ、張り込みのお供の雰囲気が出ないでしょ」

若手刑事が電柱に隠れて張り込んでいるところへベテラン刑事がやってきて、

『ご苦労さん。ホシは？』

『まだ動きはありません』

『そうか、だったら、今のうちに食っとけ』

と、紙袋に入ったあんぱんと牛乳を差し入れする。あんぱんは桜の塩漬けがのっているか、黒ゴマが散らしてあるのがいい。牛乳は三角パックだと、なおいい。

「しょうもないこだわりですね」

「こういうのも様式美だから」

桃芳は昭和のテレビドラマに出てくる探偵のみならず、刑事にも憧れていた。昭和オマージュ探偵としては、こうした古き良き時代の雰囲気《ふんいき》は大切にしていきたい。

さらに、桃芳はサンドイッチを取り出した。

「フルーツサンドもあるぜ。あと、エクレア」

「甘いものばっかりですけど、どういう食生活を送っているんですか。あと、すぐに食べられるかわからないなら、張り込みのお供に要冷蔵のものはやめたほうがいいですよ」

「それな。夏場に一度えらい目に遭《あ》った」

「しかも、フルーツサンドもエクレアもつぶれて中身が飛び出していますし」

「腹に入ればみんな一緒でしょ」

「そういうところだと思います」

そう言って、紅がフルーツサンドを手に取る。

「奥さんの作った料理に『腹に入ればみんな一緒』なんて言ったら、それこそ殺されますよ。浮気以上に殺意が湧くんじゃないですかね。デリカシーのない男はモテません」

紅はフルーツサンドを開封し、くんくんとにおいを嗅いでいた。

「そうか、そうだな。今のは、料理を作ってくれるすべての人に対して失礼な発言だったな。紅の作ってくれるメシ、いつもどれもうまいよ。ありがとな」

「別に、おれは天満おじさんの奥さんじゃありません」

「紅が朝晩、栄養バランス考えた賄いを出してくれるから、オレは外では好き勝手なもん食えるのよ」

「だから……、そういうところだと思います」

「へ？」

「デリカシーがないくせに、人たらしなんですから」

紅がぼそっとつぶやくのと、窓の外で車のクラクションが鳴ったのが同時で、桃芳にはよく聞こえなかった。

「えっ、今なんて言ったの？ もう一回」

「なんでもありません。それより、窓の外、見ていなくていいんですか？」

「まだ出てこないだろ。シャワーでも浴びてんじゃないの」

「シャワー!?」

紅がフルーツサンドを手にしたままでたちまち石仏と化したので、桃芳は危うく噴き出しそうになった。

「マジメか」

なんとか笑いをこらえるために、立ち上がって向かいのラブホテルをうかがった。ついでに腕時計を確認すると、二十一時を少し過ぎたところだった。

「せっかくだから、紅もシャワー浴びてくれば？　ああ、エッチなテレビ観たければ、リモコンはドレッサーの上な」

「エッチな!?」

耳まで真っ赤、まるっきり茹《ゆ》でダコ。

紅は、もはや動かない鳥のハシビロコウではなくなっていた。表情筋までしっかり動いている。人間味があって、こっちのほうがずっといい。

「それとも、オレが先にシャワー浴びてこようか？」

「張り込みしていてください！　窓の外見ていてください！」

「あっそ」

フルーツサンドをやけ食いする紅を横目で見やりつつ、桃芳はとうとう我慢できずに肩を揺らして笑ってしまった。

「めごいか」

久しぶりに会津弁《あいづべん》が口から出た。『めごい』は、かわいいという意味だ。

こんな場末のラブホテルで、思いがけず、シトラスで透明なものを見た気がした。

◆

二日後、桃芳は東池袋の高級タワーマンションの一室にいた。

樹莉に、夫の晴喜に関する調査報告をするためだ。ダイニングテーブルに並べられたティーセットを脇に動かして、桃芳はＡ４サイズの封筒を樹莉に差し出した。

「こちらが、今回のご依頼の報告書になります。奥さんにとってショッキングな写真も入っていますので、心の準備をしてからご覧ください」

「ショッキング……」

「結論から申し上げると、ご主人はクロでした。カフェ店員の葵という女性とラブホテルに入り、出てくるところの写真を押さえました」

「そうですか」

樹莉がパール粒の並んだジェルネイルの指先で封筒を開け、数枚の写真を取り出す。

「これ、この間の晩の写真ですよね？」

「ええ、ご主人が遅くなると連絡を入れた晩のものです」

あの晩、ラブホテルに入った晴喜と葵はかっちり三時間後に出てきた。向かいのラブホテルの二階にいた桃芳は、薄く開けた窓から一眼レフのレンズを出し、出てきた瞬間のふたりを写真に収めることに成功した。

入るとき同様に、葵はラブホテルから出てきたとき、その場に立ち止まってしばらく周囲をうかがっていた。

ラブホテルに出入りするとき、ふつうは人目を気にして、わざわざ立ち止まるようなことはしない。それが不倫となればなおのこと、入るときは気配を消して密やかに、出てくるときはうつむきがちで足早になるものだ。

それなのに、葵はなぜ、立ち止まったのだろう。うつむきがちになるどころか、かえって堂々と顔を見せていた。

これらのことから、桃芳の違和感は確信に変わった。

樹莉は宮益坂のイルミネーションの写真から、円山町のラブホテル街での写真まで、トータルで二十枚はある夫の不貞《ふてい》行為の証拠を一枚一枚つぶさに確認していた。

「うふふ、いい仕事をしていますこと」

うふふ。

その笑い方に、桃芳はもう胡散臭さを感じなかった。あとに続いた言葉を聞いて、すとんと何もかもが腑《ふ》に落ちた。

すなわち、

『いい仕事をしていますこと』

それが今回の依頼のすべてだったのだ。

今日も樹莉からは、きつい香水の匂《にお》いがした。

「カフェ店員の葵という女性の素性《すじょう》を詳しくお知りになりたければ、別途料金が発生しますけど、追加で調べます。どうします？」

浮気調査というのは、実はかなり高額な費用がかかる。プロが動くのだから当然だ。なかには成功報酬《ほうしゅう》を上乗せする探偵事務所もあるという。

桃芳は町の困りごとに首を突っ込むときはなんでも屋価格で引き受けているが、カムパネルラをつなぎにして受ける依頼には、それなりの報酬を請求していた。探偵の身の安全を保証し、同時に、依頼人には探偵を雇うことの責任とリスクを自覚してもらうためには、安かろう悪かろうの薄利多売はハードボイルドに反すると思っているからだ。

「若い女の素性までは結構ですわ。桃芳さんのおかげで浮気の証拠は取れましたから、葵については主人に直接問い詰めます」

「そうですね、それがいいでしょう。ご夫婦の問題なので、おふたりで時間をかけて話し合いなさるのが賢明ですね」

桃芳はリビングを見回した。猫足の豪華な家具が並び、窓辺には大きなクリスマスツリーが飾られている。

最初に訪れたときから気付いていたことなのだが、この家には写真立てがなかった。家族写真が一枚も飾られていないのだ。

夫が浮気をするくらいなのだから、夫婦仲が冷え切っているのはわかる。そうだとしても、小さな子どもの写真がないのはあまりにも寂しい。

「息子さんは、今日も幼稚園ですよね」

「ええ。このあと、お迎えに向かいます」

「離婚するとなれば、幼稚園も転園しないとなりませんね。オレも幼稚園を転園しているんですよ。友だちに会えなくなるのがさびしかったことを覚えています」

「すぐに新しいお友だちができますわ」

「お父さんに会えなくなるのもさびしいでしょうね」

「いずれ新しい父親もできますわ」

樹莉が上目遣いに桃芳を見て、意味深長なことを言う。

桃芳は肩をすぼめて言い返した。

「〝過ぎたるは、なお及ばざるが如し〟ですよ。あまり欲張りすぎると、足を掬《すく》われますから、お気をつけて」

「どういう意味かしら?」

「両手で抱え切れない幸せは、いずれ手からこぼれ落ちます」

樹莉の頬《ほお》がひくりと動いた。

「サービスでご主人の仕事についての資料も同封しておきました。環境デザイナーとして、いろいろな街の再開発などに携《たずさ》わっているみたいですよ。東池袋にお住まいなのも、このあたりの再開発に関わったからなのかもしれませんね」

樹莉は夫の仕事に興味がないと言っていたが、興味を持つことができれば、夫婦の会話がいくらかは増えるのではないかと桃芳は思った。

「息子さんのためにも」

探偵が夫婦の問題に口をはさむのは出しゃばった行動ではあるが、町のプライベートアイはお節介《せっかい》なのである。

「今夜はご家族で、よいクリスマスを」

清く、この夜。

「ああ、中に請求書も同封してありますから、後ほどご確認ください」

きつい香水の匂いから逃れるように、桃芳は早々に樹莉のもとを立ち去った。

胸がムカムカした。浮気調査はお金にはなるが、ひまし油を飲んだみたいにいつまでも後味が悪い。

桃芳は少し頭を冷やすために、遠回りをして雑司ヶ谷霊園のなかを歩いて帰ることにした。北風が吹くたび、道の端の落ち葉がロンドを奏でるのが耳に心地いい。

ダークスーツにモッズコートを羽織《はお》った桃芳は目を閉じて両手を広げ、

「いい町だなぁ」

ビターで濁ったものを全身から葬り去るように長い息を吐いた。


時間をかけて雑司が谷の町を歩き回った桃芳は、太陽がやや西に傾くころになって、東通りから一本裏に入ったところにあるバー・カムパネルラへとやって来た。

まだ営業時間ではない店の扉を開けると、

「ごめんなさい。うち、ランチは土日しかやっていないのよ」

「大雅。オレ、オレ」

「んま、桃ちゃんじゃないの」

かっぽう着姿の大雅がカウンター内で忙しく動き回っていた。カウンターにはすでに唐揚げやポテトサラダ、煮物などの大皿料理が並んでいて、バーらしからぬアットホームな空気が漂っている。

「クリスマス営業の準備、手伝うよ」

カムパネルラでは毎年、クリスマスは常連客たちとパーティーを開いていた。

「あら、いいの？」

「おう、今ひとつ、仕事片付けてきたから」

「町の困りごと？」

「いや、例の浮気調査」

「そう、カタが付くの早かったのね」

大雅がカウンターの中から、桃芳に向かってフリルの付いたエプロンを投げた。

「なんでフリルよ。ほかのエプロンないの？」

「それ、桃ちゃんへのクリスマスプレゼント。ネットで見て、ゼッタイ桃ちゃんに似合うって思ったの。これからバーのお手伝いしてくれるときには、それ使って」

「マジか。でもお気に入りのダークスーツが汚れるよりいいか」

桃芳は戸惑いつつも素直に受け入れ、モッズコートと中折れ帽を脱いで壁のハンガーに掛けた。後ろ手でエプロンの紐を結んでいると、

「はい、いつものどうぞ」

と、大雅がコーラフロートを出してくれた。付けまつげをした目力のある双眸が、エプロン姿の桃芳をじっと見ていた。

「何よ？　似合わない？」

「似合ってる」

物言いたげに、見ている。

「何よ？　オレ、そんなにイイ男？」

「イイ男。仕事明けのアンニュイな桃ちゃんもイケオジでステキね」

「イケオジじゃないし。つか、アンニュイでもないし。ただ……」

「ただ？」

「……後味が悪いだけ」

桃芳はカウンター席に腰掛け、ストローでコーラフロートのアイスをかき混ぜた。

大雅のからかいを暑苦しいと思う反面、話を聞いてほしいとも思っている。いや、話を聞いてほしくてカムパネルラにやってきたというのが正解だ。

桃芳はストローをいじりながら、ぽつぽつと話しだした。

「今回の浮気調査の報酬、吹っかけてやった」

「いいんじゃないの。あのママさん、やっぱり女狐《めぎつね》だった？」

「やっぱりってことは、大雅も気付いてたんだろ？　胡散臭《うさんくさ》い依頼人だって」

「胡散臭いっていうか、順番がおかしいって思ったわね」

「順番？」

「あのママさん、アタシに『慰謝料と養育費、それに親権が欲しい』って言ったのよ」

桃芳にも、そう言っていた。

「欲しいものの最後に親権が来るの、おかしいでしょ？　慰謝料ありきで、親権はまるでついでみたいって思ったのよね」

なるほど、と桃芳は大雅の鋭い考察に感心した。

桃芳も親権については、疑問に思わなかったわけじゃない。何もいらないから親権だけが欲しいと願う依頼人も少なくないなかで、明らかに熱量の差を感じていた。

その直後に、いきなり名前で呼ばれたことで、頭のなかの赤ランプが点滅した。気をつけろ、と探偵の勘が警告していた。

「オレは不倫は本人同士の、夫婦の問題だと思ってんのよ」

「そうね。周囲が悪だって断罪したり、逆に文化だって擁護することじゃないわね」

「だからこそ、今回の依頼人のやり方にはムカムカすんのよ。他人を巻き込むな。探偵をナメんなって言いたい」

「どういうこと？」

「ターゲットの浮気相手、カフェの若い店員だったんだけど」

桃芳はサクランボを口に放り込んでから、吐き捨てるように告げた。

「別れさせ屋だった」

「あらま」

「プロが一枚嚙《か》んでやがった」

怒りに任せてサクランボを噛んだら、つるっと転がった種を飲んでしまった。

「やっべ、種飲んだ！　オレ、死ぬの!?」

「死なないから。サクランボの種で死ぬっていうの、都市伝説だから。毒はあるけど、大のおとなが一個二個食べたくらいなら、どうってことないわよ」

「マジか？　報酬吹っかけたからバチ当たったわけじゃない？」

「当たってない、当たってない。それより、別れさせ屋の話もっと詳しく教えて」

大雅は料理を盛り付ける手を止めて、すっかり前のめりになっていた。

別れさせ屋は、言ってみればハニートラップだ。ターゲットに近づき、新たな関係を持つことで、元々の夫婦関係や恋人関係を解消させる稼業《かぎょう》のことを言う。

「ハナから、でき過ぎた浮気話だったのよ。奥さんが旦那《だんな》さんのスマホをチェックしたら、それっぽいやり取りが見つかって、オレが怪しいっていうカフェを見に行ったら、さっそく接触するふたりを目撃して。翌日にはラブホに向かう証拠写真が撮れて」

極めつきは、ラブホテル前での葵の行動だ。

「浮気相手がラブホに入るときも、出るときも、足を止めて周囲をうかがったのよ。不倫が後ろめたくて警戒してるのかとも思ったけど、撮れた動画や写真がどれもうまいこと肩を抱かれてたり、腕を組んだりしているポーズだったのを見てわかっちまった」

「探偵のカメラが狙っていることを知っていて、わざと？」

「オレがふたりの決定的瞬間を押さえることができるように、シャッターチャンスを作ってくれてたんだろうな」

「ナメくさりやがって」

大雅が形のいい眉《まゆ》を吊り上げ、リリィではなく由利《ゆり》大雅の顔で毒づいた。

「なぜ、浮気相手が探偵のカメラに狙われていることを知っていたのか。それも、シャッターチャンスまで作ってくれていたのか」

都合よく、偶然がいくつも重なっていたわけじゃない。

「奥さんがグルだったとしか思えない」

「慰謝料が欲しくて、ハニトラで浮気の事実を作り上げたってことね」

「浮気相手のことも調べてみたら、二カ月前にカフェ店員になったばっかかで、自分からターゲットに近づいてた」

桃芳はダークスーツの内ポケットから四つ折りにした紙を取り出し、大雅に広げて見せた。葵の素性《すじょう》を調べたメモ書きだ。

本当の名前は、蒲原環《かんばらたまき》。二十六歳。妻の樹莉と一歳しか違わない。

樹莉の言うような『若い女』などではなかった。晴喜好みの若い女を見事に演じきっていただけなのだ。

「旦那さんの不貞《ふてい》行為の証拠写真を見て、奥さん、なんて言ったと思う?」

「なあに、もったいつけないで教えて」

「『いい仕事をしていますこと』だって」

「そのいい仕事をしているのは」

「オレじゃなくて、別れさせ屋のことでしょ」

「ナメくさりやがって」

　大雅がまた毒づいた。

「でもま、本当のところ、真相はわかんないわ。オレもタダ働きはしたくないから、深く探ったわけじゃないし」

　夫婦のことは本人同士にしかわからない。

「奥さんにも言い分があって、何がなんでも旦那さんと別れたい、別れなくちゃならない事情があったのかもしんないし」

　別れさせ屋も探偵と同じで、その道のプロだ。安い費用では請け負わない。

　樹莉は探偵にも、別れさせ屋にも高額の工作費を支払ってまで、どうしても晴喜と離婚したかったということだ。

「桃ちゃんはやさしいわね。アタシなら、ただのお金目当てって思うわ。値を釣り上げた慰謝料を手に入れれば、工作費なんて簡単にペイできるもの」

「だとしたら、女っておっかない」

「女狐ばかりじゃないわよ。女のなかには、アタシみたいな聖母もいるわ」

大雅は聖母ってより魔女っぽいんだよな、と桃芳は内心で笑った。

「それに、オトコもバカよ。ハニトラに引っかかって簡単に浮気しちゃうんだから」

「だよな、大馬鹿野郎だよな。小さな子どもがいるってのに」

桃芳は拳銃型ライターを取り出し、メモ書きに火を点けた。

灰皿の中で、暴《あば》かれた真実が黒い煤《すす》になっていく。

浮気調査を終えるたび、胸に残るのはビターな後味だ。依頼人に子どもがいた場合、その子どもたちのこれからのことを思うと、いつもたまらない気持ちになる。

「探偵なんて、ヒーローでもなんでもないよな」

桃芳はコーラフロートを一気飲みした。

「そんなことないわ、桃ちゃんはアタシのヒーローよ。探偵に助けられた人もいるってこと、忘れないで?」

大雅がカウンターの上の桃芳の手をきれいな指先でなぞり、慈《いつく》しみ深い微笑《ほほえ》みを浮かべてそっと握った。

「大雅」

「桃ちゃん」

「大雅」

「桃ちゃん」

「指の間まで石鹸《せっけん》で二回洗って、アルコール消毒しとくわ」

鳥肌が立つ前に、桃芳はパッと手を引っ込めた。

「って、オイイイイッ！」

「って、紅に言われた」

「えっ、犬顔男子くんの手握ったの？　手つないだの？　いつ？」

「きのうよりむかしのことは忘れたな」

「誰がハードボイルドなセリフ言えって言ったのよ」

「そんなことより、大雅、クリスマス営業の支度《したく》しようぜ。オレ、夕方にはいったんふくろう荘に戻って晩メシ食わないとならないのよ」

桃芳は気持ちにひと区切り付けるために、灰皿にコーラフロートの氷を落としてから立ち上がった。ついでに、カウンターの大皿からクリスピーなサクサク衣の唐揚げをひとつつまみ食いをした。

「うん、うまい。大雅の唐揚げ、オレ大好き」

「アタシも桃ちゃんのこと大好き」

料理を褒めるのは大事なことだと、紅に教わった。

「ねえ、今夜、犬顔男子くんも連れてきてよ」

「坊やにバーは早い」

「二十歳《はたち》過ぎていれば早くはないわよ」

「あいつは、オレたちみたいに泥水すすって生きてきたわけじゃないから」

シトラスで透明な存在だから。

「ラブホ入っただけでピーチクパーチク大騒ぎ、めごいのなんの」

「ラブホ!?　えっ、やだ、アタシっていうオンナがいながら犬顔男子くんとラブホ行ったの？　連れ込んだの!?」

「その言い方」

「不貞行為だわっ」

大家を引き継いだ下宿屋にたまたま私立探偵がいたというだけで、健全なる青少年がビターな後味まで知る必要はない。

「坊やがこっちの世界を知るのは、まだ早い」

第五話

いつものバーでいつもの

「オレは町のプライベートアイ、つまりは私立探偵だ」

天満桃芳《あんみつももよし》は雑司が谷《ぞうしや》にある鬼子母神大門のケヤキ並木そばに事務所を構える、地元密着型の探偵である。迷子のペットさがしから、買い物、なんなら墓参りの代行まで、町の困りごとになんでも首を突っ込むのが桃芳流だ。

「何せ、金で雇われる町の犬だからな」

町の犬の年末年始は忙しい。初詣客《はつもうできやく》でにぎわう町内の神社仏閣や飲食店街をパトロールしなければならないからだ。

パトロールと言っても、何をするというわけではない。

雑司が谷警察署生活安全課の鴨志田栄悟《かもしだえいご》警部補からは、

『くれぐれも余計なことはするなよ。何かをするのは警察の仕事だからな』

と、念押しされたうえで、

『お前さんは、ただブラブラしてるだけでいい』

と、地域の祭事や行事があるたびに協力を求められていた。

桃芳は私立探偵として、地元では面が割れている。探偵と呼ばれる男が町内をブラブラしていることが、犯罪の抑止力になるというのだ。

とくに、年末年始、若者は羽目を外しやすい。小学生のころから桃芳を知っている地元の若者たちに、

『やべえヤツがいる』

そう思わせることが大事なのだそうだ。

「というわけで、オレは今、鬼子母神堂に来ている」

大晦日《おおみそか》の晩、桃芳は日蓮宗法明寺《にちれんしゆうほうみようじ》の飛び地境内《けいだい》である鬼子母神堂にいた。安産と子育ての神さまとして知られる、雑司が谷を代表する名刹だ。

雑司が谷界隈は池袋駅から歩ける範囲にいくつかの神社仏閣が点在しているので、地元の人ばかりでなく多くの人が初詣にやってくる。

その参拝客を狙って、スリや痴漢《ちかん》も寄ってくる。そうした軽犯罪への警戒も怠《おこた》れないので、何をするというわけでなくとも気を張ってブラブラするに越したことはなかった。

「天満さん、たこ焼き食べる？」

たこ焼きを売る屋台の濁声《だみごえ》のおばちゃんに声をかけられた。

「うーっす、いただきまーす」

「探偵さんってのも大変だよね。イベントごとのたんびに駆り出されてさ」

「ハハ、イベントごと好きだからいいんすよ」

鬼子母神堂の行事に毎回やってくる屋台の人たちとも、もうすっかり顔なじみだ。

「はふはふ、うまい」

「そんなに頬張《ほおば》って、ベロ火傷《やけど》しないでよ」

「おばちゃんの熟れた魅力で、オレの心はもう火傷してるよ」

「やだよ、まったく、この色男は口がうまいんだから！　おまけでもうひとパック持ってけ、ドロボー！」

「ドロボーじゃなくて探偵よ」

わいわいやっていると、隣の屋台から丸刈りのおっちゃんにも声をかけられる。

「おい、ドロボー。うちのチョコバナナも持ってけ」

「マジか！　オレ、ドロボーじゃなくて探偵っすけど、いいんすか？　チョコバナナ、世界で十二番目くらいに好きなんすよ」

「十二番目？　その順位が高いんだか低いんだかわかんねぇな」

わいわい。行く年を惜しみ、来る年に気を引き締める十二月三十一日という日が、にぎやかに更けていくようだった。

東通りから一本裏に入ったところにあるバー・カムパネルラでも、大晦日は恒例のカウントダウン営業をしている。ほどほどでパトロールを切り上げたら、桃芳も合流して気心の知れた仲間と新年を迎えようと思っていた。

「紅《こう》は東雲《しののめ》の実家に帰ってるし」

なんでも、新年は家族そろって迎えるのが端城《はしじろ》家の決まりごとなのだそうだ。

紅は江東区東雲に建つ高級タワーマンションのプレミアム住戸に、両親と犬一匹で暮らしていた。身上書の住所を見る限り、部屋番号が四五〇一号室となっていたので、四十五階の一号室に住んでいると思われる。

「ハシビロコウくん、完全に住む世界が違う鳥だよな」

いや、鳥じゃないか。人間か。

久しぶりに、ふくろう荘には桃芳ひとりきり。

「はー、羽伸ばせるー」

居間のこたつで朝まで寝落ちてしまったとしても、誰からも怒られることはない。鼻歌を歌いながら風呂に入ってもいい。夜中にお餅を焼いてもいい。きな粉にたっぷり砂糖を入れたって、茹であずきの袋を舐《な》めたっていい。

「正月サイコー」

チョコバナナをぺろりと平らげた桃芳は、屋台のおばちゃん、おっちゃんにお礼を言い、参道へと足を向けた。

そのとき、背後からモッズコートの裾を引っ張られた。

「名探偵アンミツくん、見っけ」

声変わり前の甲高《かんだか》い声に振り返ると、ニキビ顔の少年が笑っていた。

「おう、亜藍《あらん》じゃないの。名探偵っての、やめような。くん付けもやめような」

笠森《かさもり》亜藍、十四歳。小学生のころから桃芳を知る地元の中学二年生だ。

亜藍はグレーのスウェット上下に黒いダウンジャケットを羽織《はお》り、シルバーアクセサリーを身に着けていた。髪は短いが、ガチガチにワックスで固めている。

桃芳は亜藍の背後に目を配り、さりげなく訊いた。

「ひとりか？」

「うん」

「ガキんちょが、こんな時間にひとりでフラフラしてんじゃないよ」

「こんな時間って、まだ九時じゃん」

「九時半だ。お袋さんは？」

「仕事」

「そっか、医療従事者に盆も暮れもないもんな。ありがたいな」

亜藍の母親のあずさは大学病院に勤務する小児科医だ。シングルマザーのため、亜藍は小さいころは一緒に暮らす祖母に面倒を見てもらっていた。

その祖母が今年初頭に亡くなり、亜藍の生活が急に荒れだした。中学受験で進学した私立の名門校も、休みがちだと聞いている。

あずさからの依頼を受けて、桃芳は深夜徘徊の注意を受けた亜藍を雑司が谷警察署まで引き受けに行ったこともあった。

「亜藍、メシ食ったの？」

「うん、家系のカップラーメン」

「バッカだね、大晦日はカップそばだろうが。緑のヤツ」

「そばって、なんか年寄りくさくね？」

「納豆ぶっかけてみな、マジ神だから」

「そばに納豆って、なんかキモくね？」

亜藍は複雑な家庭環境にあり、思春期《ししゅんき》の難しい年ごろに突入していた。

桃芳も会津では祖父母と暮らしていたので、亜藍が渇《かわ》いた心を持て余す気持ちがわからないでもない。それだけに、泥んこクイズの不正解へ向かって全速力で走って行こうとする背中には、

『ちょいちょい、そっちにあんのは底なしの泥沼だぜ』

と、声をかけずにはいられなかった。

亜藍の日常をさらに複雑にしているのが、医者の息子という立場だ。

貧困にあえぐシングルマザーが多いなか、あずさは金銭的な余裕から、一人息子に桁違いに高額の小遣いを与えていた。構ってやれない分、不自由のないようにお金で穴埋めしようとしているのかもしれないが、中学生の亜藍には不相応の金額だった。

「うーっす、亜藍」

「亜藍、遅くなってわりー」

突然、チャラい若者ふたりが亜藍に声をかけてきた。

ひとりは細身のデニムパンツに茶系の革のジャケットを羽織り、もうひとりは黒のタックパンツにビッグシルエットの青いブルゾン姿という、絵に描いたようなパーティーピープルたちだ。

「あ、お疲れさまです！　清瀬《きよせ》さん、美川《みかわ》さん」

亜藍がうれしそうにふたりに返事をした。

亜藍の目線から判断するに、革のジャケットが〝清瀬さん〟で、ビッグシルエットのブルゾンが〝美川さん〟のようだ。

大学生だろうか、それにしてはずいぶんと金回りがよさそうに見えるふたりだった。

「誰？」

桃芳が亜藍に訊くと、パーティーピープルたちが話に割り込んできた。

「誰って、オッサンこそ誰？」

「ナニナニ、亜藍の知り合い？　あ、お父さん？」

ふたりは桃芳の全身を値踏みするようにじろじろと見ていた。

「オッサンじゃないし、お父さんでもないし」

「そのダイバーズウォッチ、高いヤツじゃん。モッズコートもいいヤツ？　もしかして、オッサン金持ち？」

清瀬は、まるで探偵のように人となりを分析していた。

桃芳もよく、初対面の相手の腕時計を見る。腕時計や靴、バッグなどの小物のセレクトや手入れ具合から、おおよその生活レベルを推察することができるからだ。

商売柄、ハッタリを利かせるために、桃芳は服から小物まで身の丈以上のアイテムを身に着けるようにしている。中折れ帽とダークスーツが高級なのは言わずもがな、モッズコートはセレクトショップと海外ブランドがコラボした別注モデルで、腕時計は某スパイ映画でイギリスの諜報員が使っているダイバーズウォッチだった。

よもや、借金四百万円返済中のお兄さんだとは思うまい。

「清瀬さん、この人はたん……」

「ぶへっくしょん」

桃芳はわざとらしいくしゃみをして、亜藍の言葉を遮《さえぎ》った。

「オレは亜藍の中学校の〝たん〟任だ」

「担任？　教師かよ」

「いえ、ちがくて、アンミツくんはたん……」

「亜藍、〝たん〟任を困らせんなよな。冬休み返上させんなよな、コンニャロー」

桃芳は亜藍の肩を組み、探偵であることを隠して中学校の担任になりすました。

「教師なら金持ちじゃねーじゃん」

美川が小馬鹿にしたように言った。

「ブッブー。オレは私立学校の先生なので金は持ってる」

「マジで？　金あんの？」

「金があったら、なんだっつうの？」

「これからオレら、気持ちイイことしに行くんだよ」

ニヤニヤする美川に、桃芳はさらに訊く。

「気持ちいいこと？　嬢がいるとこか？」

「ちげーよ」

「ジョウって？」

と、亜藍は桃芳に向かって首を傾《かし》げていた。

「亜藍は知らなくていいとこ。未成年は入れないとこ」

風俗ではなく気持ちいいことができるところとなると、

「サウナか？　整えようってか？」

「だから、ちげーよ」

となれば、美川と清瀬の風体からしてプロファイルするまでもないが、念のため、桃芳はふたりに顔を近づけて鼻をくんくん鳴らした。

甘いにおいがした。

「〝野菜〟か？　どこのクラブ？」

「ってか、バーな。南池袋にいいとこあんだよ」

「南池袋……」

東通りエリアのことだろうか。

グルメストリートとして知られるだけあって、東通りエリアの飲食店は生き残りが厳しく、入れ替わりが激しい。町のプライベートアイとはいえ、桃芳もすべての店舗《てんぽ》を把握《はあく》できているわけではなかった。

桃芳は亜藍の反応をうかがった。

「亜藍も行くの？」

「行くよ」

十四歳の少年に悪びれた様子はない。

「亜藍は今日、デビューすんだよな」

清瀬が亜藍の胸を拳で叩く。

「金、持ってきた？」

「はい、持ってきました！」

亜藍が目を輝かせるのを見て、桃芳は中折れ帽を口もとに運んで夜空を仰いだ。

「あー。なんでこう、人ってのは欲望と好奇心に勝てないんだろうね」

子どもは好奇心旺盛だ。シトラスで透明であるがゆえに世間知らずでもあり、怖いもの知らずでもある。

そこに付け込み、悪いおとながハイエナのように寄ってくる。輩《やから》どもは日常の至るところで蜘蛛《くも》の巣を張り、カモになりそうな子どもが引っかかるのを待っているのだ。

性的搾取が目的の場合もあれば、金銭目的の場合もある。

「清瀬さん、十万あれば足りますか？」

「足りなかったら、次んとき、もっと持ってくればいいよ」

清瀬と美川の目的は後者、間違いなく亜藍の持つお金だろう。

「デビュー前から、もう次とか言ってるし」

桃芳は中折れ帽に向かってやるせない思いを吐き出した。

いや、嘆いている場合じゃない。まずは亜藍をデビューさせないことだ。

〝野菜〟というのは、隠語で大麻のことだ。清瀬と美川からした甘いにおいは、大麻常用者特有のものだった。

「しゃーねーな、オレも一緒に行くわ」

「はぁ？　なんで担任がついてくんだよ」

「担任だからこそ、引率しないとな」

「うざっ。説教とか聞きたくねーし」

清瀬は出しゃばる桃芳を煙たがっていたが、

「いいんじゃね、キヨ。このオッサン、金持ってるって言うし」

と、美川が清瀬に目配せをして、桃芳の『引率』はあっさり許された。

「アンミツくん、なんで？」

桃芳の意図を理解できない亜藍が、戸惑い気味に訊いてきた。

「なんでもクソもねーよ」

底なしの泥沼に向かって走り出そうとしている亜藍を止められるのは、今、自分しかいない。不正解は選ばせない。

桃芳はコーラガムを口のなかに放り込み、亜藍をにらみつけた。

「ついでにオレもキメたいだけだ」


清瀬と美川が向かったのは、まさに東通りエリアだった。

よりによって、ふたりはカムパネルラのある一本裏の路地へと入って行った。

「マジか、このあたりにカムパネルラ以外のバーなんてあったか」

表通りほどではないにしても、路地裏にもぽつぽつと飲食店が点在している。カフェ、中華料理店、ラーメン屋、小料理屋。

桃芳が頭のなかでグルメマップを広げていると、カムパネルラの看板が見えた。その前を清瀬と美川が通り過ぎて行くので、やや遅れて亜藍と並んで歩いている桃芳も何食わぬ顔で素通りした。

そのタイミングで清瀬から次の角を右に曲がるように言われて、

「なんだ、この路地じゃないのか」

そんな言葉が桃芳の口を衝《つ》いて出た。いかがわしいバーがあるのが『この路地じゃなくてよかった』というのが本音だった。

角を曲がる寸前、桃芳はなんとなく後ろ髪を引かれて路地を振り返った。

「え……」

思わず、足が止まった。

カムパネルラの店先で、小柄な人影がこちらを見ていたからだ。暗いのでぼんやりとしたシルエットしかわからないが、上着は羽織《はお》っておらず、髪はふわふわした猫っ毛のようだった。

「……紅?」

いや、そんなはずはない。紅は東雲の実家に帰っている。

何より、紅にバーはまだ早いので、カムパネルラに連れて行ったことがない。

「アンミツくん?」

「お、おう。なんでもない」

亜藍に呼びかけられ、桃芳は慌てて顔を前に戻した。

もう一度振り返って人影の正体を確かめるべきだったのかもしれないが、それもなんだか怖いような気がして、足早に角を曲がった。

清瀬と美川はマッチ箱を立てたような、縦長のマンションの前で立ち止まっていた。

「なんだよ、着いたのか？」

「ああ、ここの二階」

「二階？」

桃芳はガム風船を膨らませながら、縦長のマンションを見上げた。

クラフトタイル張りの外壁がいかにも昭和レトロといった建物だ。二階部分に、これとわかるバーの看板は出ていなかった。

「これ、マンションだよな？　バーの看板出てないけど、飲食店の営業許可取ってやってる店？」

「イヤなら入んなきゃいいだろ。行こうぜ、亜藍」

清瀬が亜嵐の腕を引っ張ってエントランスに入って行こうとしたため、桃芳はすばやく間に立ちはだかり、背中にかばった。

「亜藍はオレの後ろだ。オレが引率する」

いいな、と背中の亜藍に念押しすると、十四歳の少年は硬い顔でうなずいていた。

さすがに亜藍も、マンション内にあるという看板のないバーのいかがわしさに怖気《おじけ》づいているようだった。それでいい。

「んじゃ、ついて来いよ。引率のセンセー」

清瀬を先陣に美川が続き、一行はエントランスから狭い内階段を上がった。

二階フロアは蛍光灯がチカチカと点滅するなか、三室が並んでいた。奥のふたつは玄関扉の前にダンボール箱や資材らしきものが積み上げられてあり、出入りができるのは手前の一室だけだった。

ここにもやはり看板はない。表札すら出ていない。

いかがわしい一室の玄関扉を開けて、ふたりが中に入って行った。

あとに続く前に、桃芳はダークスーツの内ポケットからペン型カメラを取り出し、上着の袖に隠した。店内の様子を撮影するためだ。念のため、ダッフルコートのポケットに入れておいたICレコーダーを内ポケットに移動し、会話を録音する準備もした。

証拠はひとつでも多く集めるに越したことはない。

「鴨志田警部補からは余計なことはするなって言われてるし」

ここで騒ぎを起こすことなく、コンプライアンス重視で警察の捜査に役立つ証拠取りに徹する。それが探偵としての桃芳のやり方だった。

「それに今は、亜藍をデビューさせずに連れ帰ることが最優先事項だかんな」

亜嵐はすっかり言葉が少なくなっていた。

「大丈夫、先生の後ろにいれば怖くない。前に出んなよ」

桃芳は自分のくるくるパーマの髪を耳にかけてみせたが、

「アンミツくん、本当は先生なんかじゃないくせに」

「腐ったミカンの方程式のコスプレだ」

「何、腐ったミカンって」

「マジか、金八《きんぱち》パイセンを知らないとは」

「金八は知ってる」

今どきの若者とコミュニケーションをとるのは難しい。

「なー、早く来いって」

美川に手招かれ、桃芳は覚悟を決めて店内に足を踏み入れた。

店内は、というより、室内はよくあるワンルームの間取りで、ダイニング兼、リビングにあたる場所に大きな丸テーブルがひとつとイスが二脚置いてあった。

「いらっしゃい」

顔も上げずに一言だけ言って寄越したのは、奥のカウンターキッチンで店番をしている覇気のない中年男だった。

カウンターの上にはよく百均で売られているプラスチック製のカゴが並び、カゴのなかには色とりどりの小袋がぎっしりと詰まっていた。

「〝お香〟か。つか、ここ、バーじゃなくて〝手押し〟の売店じゃねーか」

「アルコール類も一応あるぜ」

美川がカウンターキッチンの下から勝手にカクテル缶を取り出した。

店番の中年男はエロ本に夢中で何も言わない。パワーバランスからして、店番は雇われで、清瀬と美川が客引きを兼ねた実質の経営者なのかもしれないと桃芳は思った。

〝お香〟は危険ドラッグの隠語だ。〝手押し〟は手売りのことを言う。

桃芳はカウンターキッチンに近づき、品定めをするフリをして上着の袖に隠したペン型カメラで小袋の写真を撮った。

「扱ってんのは野菜とお香だけか？　〝エクスタシー〟なんかもあんの？」

ＩＣレコーダーにも証拠を残すために、それとなく探りを入れてみる。〝エクスタシー〟はＭＤＭＡ、つまり合成麻薬のことだ。

「シャブ以外ならなんでもある。シャブは頭イカれっけど、葉っぱやハーブは心配ない。大麻なんか海外じゃ合法だし」

出たな、大麻常用者の伝家の宝刀。

近年、覚せい剤よりも安価で簡単に手に入る大麻が若者の間で流行《はや》っているというが、

『大麻だから安心』という誘い文句の先には、『大麻は薬物のゲートウェイ』というリスクが待ち構えていることをどうか忘れないでほしい。

大麻を踏み石にして、多くが覚せい剤に堕《お》ちていく。たった一度の好奇心から餓鬼《がき》になり、一生をかけて渇《かわ》きから抜け出せない苦しみを味わうことになるのだ。

「危険ドラッグも合成麻薬も混ぜもんの子ども騙《だま》しだわ」

桃芳はいつもように口八丁のハッタリを利かせた。

「おんなじ十万出すんなら、オレなら純度の高いシャブ買うね」

「買える量が違うんだよ。こっちのほうがたくさん買えて、たくさんキメられんの」

美川が言い、清瀬もニヤついてうなずいていた。

「だから、子ども騙しだっての」

桃芳は振り返り、玄関そばで立ち尽くしている亜嵐に言った。

「おい、亜藍、金出せ」

「え?」

「金、十万あんだろ」

「あ……、うん」

亜藍がためらいながらも黒いダウンジャケットのポケットから、銀行の封筒に入った札束を取り出した。

こんな分不相応の大金を持ち歩いているから、悪い輩《やから》の蜘蛛《くも》の巣に引っかかるのだ。

封筒ごとひったくって、桃芳は丸テーブルの上にお金を叩き置いた。

「この十万で、この店で買える野菜全部」

「おー、そうこなくっちゃ」

「でもって、この十万は手付金としてそのまんま預かっとく」

「は？　手付金？」

「お前らにはオレがシャブの売人を紹介してやる。いいフロント企業を知ってんだよ」

そう言って、桃芳は一度は叩き置いた封筒をモッズコートのポケットに押し込んだ。

何をもっていいフロント企業になるのかは知らないが、桃芳は仮想として如月《きさらぎ》コーポレーションを思い浮かべていた。

「ここの営業三課の課長にちょいとばかり縁がある」

ダークスーツの胸ポケットから甲斐田《かいた》の名刺を取り出し、ふたりの目の前にこれ見よがしにちらつかせた。もちろん、紹介するつもりなどさらさらない。

すべては、この場を切り抜けるためのハッタリだ。

売店内と危険ドラッグの写真は撮ったし、会話も録音した。押さえるべきところは押さえたので、この場に長居は無用だった。

「この安いにおい、吐きそうだわ」

室内に漂う甘いにおいが鼻についてならなかった。町の犬、警察の犬である桃芳は人一倍鼻がいいのだ。

「オッサン、ナメてんのか？」

「売人とかいいんだよ。金だけ置いてけよ」

金、それが清瀬と美川の本音だ。

そうとわかれば、ますます長居はしていられない。亜藍を抱きかかえてでも、このいかがわしい売店から逃げださなければ……。

そう思ったとき、予想外の展開が起きた。

「天満桃芳！　ここにいることはわかっている！」

怒鳴り声とともに、いきなり玄関が乱暴に開いたのだ。

「えっ」

桃芳は唐突《とうとつ》な乱入者に目を丸くした。

「紅？」

「やめてえ、紅ちゃん。あたしのことならもういいのよう」

「と、大雅《たいが》？」

怒髪天《どはつてん》を衝《つ》く形相《ぎょうそう》の紅と、その後ろで髪を乱して泣き崩れているのは大雅だった。

何が起きているのかわからず、桃芳はパチパチとまばたきを繰り返した。

「天満桃芳！　お前、よくもおれの姉ちゃんをボロ雑巾みたいに捨てやがったな！　姉ちゃんに貢《みつ》がせた四百万、返しやがれ！」

「えええっ」

桃芳は四百万の借金こそあるが、四百万を誰かに貢がせた覚えはない。

「つか、姉ちゃんって」

「いいのよう、紅ちゃん。アタシ、本当に桃ちゃんが好きだったの。夢を見せてもらったの。四百万ぽっちのシャンパンじゃ、ナンバーワンホストの桃ちゃんを独り占めできないことくらい、最初からわかっていたのよう」

「ちょいちょい、ホストって」

ツッコミを入れる桃芳を無視して、ハシビロコウ一座の寸劇は続く。

「姉ちゃんはよくても、おれは許せない！　あの男を殺して、おれも死ぬ！」

据わった目で喚《わめ》き散らす紅は、両手に五百ミリリットルのペットボトルを持っていた。

「これは灯油だ！　火を点けてやる！」

「ハァ!?　人の店でナニふざけたこと吐《ぬ》かしてんだよ！　クソガキが！」

ここまで口をはさむことなく目を点にしていた清瀬が我に返り、紅に食ってかかった。

「クソガキって言うヤツがクソガキなんだよ！　お前らも道連れにしてやる！」

「ひぃっ」

と、小さく悲鳴をあげて、店番の中年男が部屋を出て行こうとするのを、

「動くなぁ！」

と、紅がペットボトルを振り回して制止した。

カオス。だが、たぶん、きっと、これは紅のコスプレのフィーバータイムだ。こんな大きな声が出せるなんて、知らなかった。

「紅ちゃん、ダメよう。命を粗末にしないで。紅ちゃんはちゃんと勉強をして、立派なお医者さまになるんでしょう？　病に苦しむ人たちの命を救うんでしょう？」

「医者に……なる？」

と、つぶやいたのは亜藍だった。

「そうよ。紅ちゃんがお医者さまになったら、アタシの右足の魚の目を治してくれるっていう約束なんだから」

「命救うって話から、えらい地味な設定にすり替わったな」

これは桃芳のつぶやき。

「オッサン、あのアタオカなガキをなんとかしろよ。アイツ、目がやべーよ」

そう訴える美川のカサカサに乾いたくちびるは震えていた。紅の死んだ魚のような目は、なるほど、こうなるともうサイコパスにしか見えなかった。

桃芳は紅と大雅を見つめて、この状況をどう料理すべきか考えた。

実家にいるはずの紅がなぜ雑司が谷にいるのか、会ったことのないはずの大雅となぜバディを組んでいるのか、いくつかの疑問は残るものの、ハシビロコウ一座が紅の一計によるもので、位置情報共有アプリで桃芳の居場所を突き止めた上での援護射撃だと考えれば、ある程度の合点がいった。

不本意だが、ここは全力で乗っかるよりほかに選択肢がない。

「警察呼ぼう」

桃芳はしれっと清瀬と美川に言った。

「ここにか!? バカじゃねーの、警察なんか呼べっかよ！」

「殺害予告受けてんだぜ。呼ぶだろう、ふつう」

「続きは外でやれよ！　外で警察呼べよ！」

清瀬にあっさり出て行くように言われて、よし来た、と桃芳は内心でガッツポーズを決めた。紅と大雅の狙いも、桃芳を外に連れ出すことだったはずだ。

「ちっ、畳の上で死にたかったけどな。これも運命か。アデュー」

桃芳は清瀬と美川に向かってキザったらしく言い置き、亜藍の腕を引いた。

「え……、オレも?」

「いいから、黙ってオレたちについて来い」

「オレたち……?」

亜藍と小声で言い交してから、桃芳はサイコパスな紅に向き直った。

「おう、リリィの弟。外でケリつけようぜ」

「上等だぁ！　お前みたいなゲス野郎、ゴミの山の上で死ぬのがお似合いなんだよ！」

「ゲス野郎って」

「新年迎えることなく、火だるまにしてやる！」

カチンと来た。

正確に言うならば、桃芳はこの不本意な状況にイラついていた。

「おもしれぇな。やれるもんならやってみな」

桃芳が低い声で応じると、一瞬だけ、サイコパスな紅は怯《ひる》んだようだった。

古いマンションの外に出るなり、

「おいいおい、天満、余計なことするなよって言っただろうが」

と、暗がりからしわがれた声をかけられた。

「あれ、鴨志田警部補？　どうしたんすか、こんなとこで」

隣の建物に隠れるようにして、角刈りで強面《こわもて》のベテラン刑事がひとりきりの張り込みをしていた。

「どうしたもこうしたもないわ。おたくの大家から、お前さんが東京湾か、北関東の山中に連れ去られるかもしれないってケータイに連絡があったんだよ」

「紅が？　つか、ふたり連絡先交換してたんすか」

姿をさがせば、マンションから出た紅はすっかりいつものテンションに戻っており、さっきまで振り回していたペットボトルを開けて飲んでいた。

「灯油じゃないいんかい」

逆に言えば、本物を使うほどバカではなくてよかった。

「お前さんが若造どもとマンションの一室に入って行ったってな。この前の特殊詐欺《さぎ》集団のアジトの件もあるから、助けてくれってな」

「うわー、ウチの大家がなんかすんません」

「まったくだ。たまたま東通りで大トラ退治してたとこだったから、今日はすぐに駆けつけることができた。いつもこうとは限んないぜ」

「大トラって酔っぱらいっすか。大晦日《おおみそか》の忙しいときにマジすんません」

桃芳はぺこりと頭を下げて、ペン型カメラとICレコーダーを鴨志田に差し出した。

「お詫《わ》びに、これ。このマンションの二階に大麻や危険ドラッグを扱ってる売店見っけました。部屋の様子は、写真とボイレコで押さえてあります」

「こりゃまた、お手柄だな」

「まーた貧乏くじっすよ。なかにいたのは三人、若造がふたりと中年男がひとり」

「おう。今、応援呼んでるから、人数集まったら乗り込んでみるわ」

続けて、鴨志田の鋭い視線が桃芳の背後にすいっと移る。

「で、笠森くんは、なんで探偵と一緒だった？」

刑事ならではの詰問口調に、亜藍は桃芳の背中に隠れて身を強張《こわば》らせていた。何度か補導歴がある亜藍と鴨志田は顔見知りだった。

「ああ、おとり捜査に付き合ってもらったんすよ。輩《やから》どもが亜藍の小遣いに目を付けてたみたいだったんで」

「おいおい、天満、未成年をオトリに使ったのか？」

「とんでもない。オレはコンプライアンス重視の優良探偵っすよ？」

桃芳がへらへら笑って取り繕《つくろ》うと、鴨志田は首をすくめた。

「笠森くん、探偵に弟子入りなんてのはやめとけよ」

「……はい」

亜藍が鴨志田に短く頭を下げた。亜藍が警察の指導に素直に従ったのは、これが初めてかもしれない。

「警部補、このあと、署員さん付けて亜藍のことを家まで送ってもらえます？」

「ああ、そうしよう。あっと、わりぃ、電話だ」

鴨志田がガラパゴス携帯を耳に当てている隙を見て、桃芳は亜藍に先ほどの十万円を押し戻した。

「これは、亜藍のお袋さんが盆暮れなく働いて稼いだ金だ。お前さんが好きに使っていい金じゃない」

「……うん」

「もし、どうしてもむしゃくしゃして金使いたくなったら、ばーちゃんの仏壇と墓に供える花を買え。ばーちゃん、花好きだったろ」

「……うん」

大麻はやめておけ。危険ドラッグには手は出すな。

ほかにもまだまだ言いたいことはいっぱいあったが、誰かに言われて気付くのではなく、自分で気付かないことには何も変わらない。

「亜藍は腐ったミカンじゃないって、オレ信じてるぜ」

「だからそれ、なんなの?」

「お袋さんに聞くか、ネットで調べてみな」

亜藍の頭をポンポンと叩いていると、鴨志田が通話を終えて言った。

「天満、このあと、お前さんはどうする? マンションへの立ち入りに同行するか?」

「あー、いや、オレは今夜はもう帰ってもいいっすか?」

「大晦日だもんな。大家の少年とリリィママからも話を聞きたいところだが、まあいいや、少し早いお年玉ってことで今夜は解放してやる」

「あざっす。お騒がせ者のふたりがお世話になりました」

鴨志田は大雅とも顔なじみだ。頑固な年配者に見えるが、大雅をマスターだと知った上で『ママ』と呼ぶ柔軟な一面もある。

「お疲れ。天満。いい年迎えな」

「鴨志田警部補も、よいお年を」

桃芳はようやく集まってきた制服姿の警ら課の警察官たちにも頭をさげてから、テンションを低くペットボトルの中味を飲んでいる紅と、テンション高く紅に話しかけている大雅のもとへ向かった。

「よう、ハシビロコウ一座」

「あっ、桃ちゃん！　無事でよかったわ！」

両手を広げて抱き付こうとする大雅からボクサーのようなステップで身をかわし、桃芳は東通りに向かってさっさと歩き出した。

「カムパネルラに帰るぜ」

「待ってよう、桃ちゃん」

「リリィが店空けてるってことは、星崎《ほしざき》さんが店番してんだろ？」

星崎守《まもる》は競技会の受賞歴も多数ある、カムパネルラ自慢のバーテンダーだ。まもなく還暦を迎える、枯れたイケオジでもある。

桃芳が大雅に偽装カップルを頼むときなどは、星崎がいつも店番をしてくれていた。

「カウントダウン営業中に客ほったらかしにして何やってんだよ」

「だって、位置情報共有アプリを見ていたら、桃ちゃんがカムパネルラの前を素通りして行くんだもの。何かあったんじゃないかと思って、アタシたちもう心配で」

「アタシたち、だぁ？」

その一言で、桃芳の押し殺していたイライラがたちまちマグマと化して噴き上がる。

「お前ら、何ツルんでんの？」

「えっ、あ……、これにはワケがあって」

「オレ、言ったよな？　紅にバーは早いって。こっちの世界を知るのはまだ早いって」

なのに、なんで大雅と紅が行動を共にしているのか。

おろおろし出す大雅の後ろで、紅はかったるそうにあくびをしていた。

「紅、お前も、なんでここにいんの？」

「お前？」

あくびの途中で、紅は桃芳の口調がいつもと違うことにようやく気付いたらしい。

「実家で家族と正月迎えんじゃねーのかよ？」

桃芳は紅から飲みかけのペットボトルをひったくり、地面に叩きつけた。中身が飛び散り、紅のスキニーパンツの裾にかかったが、当の本人は無表情のままで拭おうともしない。

静まり返った往来に聞こえるのは、大通りを走る自動車の走行音、近隣の飲食店から漏れ聞こえるにぎやかな声、そして、夜ガラスの鳴き声だけだった。

「まあ、いいや。話はカムパネルラに戻ってからゆっくり聞かせてもらうわ」

叩きつけたペットボトルを拾って自動販売機のゴミ箱に突っ込む桃芳は、切れ長の目と薄いくちびるを三日月にして笑っていた。

「やだ、あの笑顔。桃ちゃんが怒っているときの顔だわ」

大雅の震える声を、夜ガラスの鳴き声がかき消した。

クリスマスの飾りつけから迎春の飾りつけになっているカムパネルラの店内は、毎年、ここで新年を迎える常連客たちで満席状態だった。

「夕方、年の瀬のごあいさつをしに、生そばを持って雑司が谷警察に行ったんです」

桃芳はいつもの特等席であるカウンターの一番奥の席を陣取り、紅を隣に座らせて話を聞いていた。大雅はカウンター内で、桃芳の真正面に立っている。

「その流れで、天満おじさん行きつけのカムパネルラにもごあいさつに向かいました。お店の名前は知っていたので、ネットで場所はすぐにわかりました」

「あいさつとか、そーゆーのいらねーから。余計なことすんなよ」

桃芳がカウンターを叩くと、直後に、いつものコーラフロートが出てきた。それもアイスクリームの上にドレンチェリーがどっさりのった、スペシャルバージョンだった。

「どうぞ」

「あ……。星崎さん、さすが」

「ごゆっくり」

星崎は無口で多くを語らないが、客の気分を読むことに長《た》けている。今、桃芳に必要なものは間違いなく糖分だった。

ズズーッ、と品のない音を立てひと口すると、少しだけ気分が落ち着いた。

なぜ、イラついているのか自分ではわかっている。それをうまく紅と大雅に伝えられないことがもどかしくて、さらにイラつく悪循環。

「探偵稼業は遊びじゃない。大雅はわかってるはずだろ、こっちの世界のルールを」

「そうね……、ごめんなさい」

「紅にもわかってもらいたい。軽い気持ちでこっちの世界に足を踏み入れるな」

「別に、軽い気持ちじゃありません。年の瀬のごあいさつは、大家として当然のケジメを付けただけです」

「お節介《せっかい》は迷惑だ」

「でも、祖母はお節介だったたって」

「桃子さんは桃子さん、紅は紅だろ」

紅を巻き込みたくない。ふくろう荘を相続しなければ、紅は探偵の世界を知ることはなかったのだから。

「桃ちゃん、迷惑なんて言い方はいけないわ。紅ちゃん、桃ちゃんの一年分のツケを払いますって言ってくれたのよ」

「だから、そーゆーのが余計なお世話だっつーの。自分のケツは自分で拭くわ」

桃芳はアイスクリームとドレンチェリーを口に運びながら、ツケとケツは似ているな、とどうでもいいことを思った。

「いつ、ケツ払えるの？」

「ケツは払わないわ」

「いつ、ツケ払えるの？」

「年末ジャンボ当たったら」

「当たんねーから！」

大雅が由利《ゆり》大雅の顔と声になってツッコんだ。

かと思えば、すぐにリリィの顔に戻って慈しみ深い微笑《ほほえ》みをたたえる。

「アタシはね、さっき演じたオンナじゃないけど、桃ちゃんのことが本当に大好きだから、いくら貢《みつ》いだって構わないの」

「ちょいちょい、その言い方」

「ツケだって払ってくれなくていいの。桃ちゃんには伸び伸びと探偵稼業をしてもらいたいの。この町には欠かせないプライベートアイなんだから」

「お袋か」

「紅ちゃんもアタシと同じなのよ。桃ちゃんに伸び伸びと探偵稼業をしてもらいたいから、ご飯を作ったり、お洗濯したり、ふくろう荘のことを一手に引き受けているんじゃないのかしら。来年の桃ちゃんがもっと飛躍できるようにって、年の瀬のあいさつをしようと思ったんじゃないのかしら」

「いえ、別にそこまでは」

「そういうことにしとけって！」

大雅がまた由利大雅の顔と声で言い含めた。

「お店で待っていれば夜には桃ちゃんが顔を出すからって、カムパネルラで待つようにって、紅ちゃんを誘ったのはアタシなのよ」

それなのに、桃芳はカムパネルラの前を素通りした。そうしなければならない事情があったのだが、ふたりからしてみれば何が起きたのかわからず、居ても立っても居られずにあとを追いかけてしまったというわけだ。

桃芳が振り返ったときにカムパネルラの前に立っていたのは、やはり紅だったのだ。

「ねえ、紅ちゃん、別人になるのって最高ね。次はもっとちゃんと準備をして、作り込んだコスプレをしたいわね」

「そうですね。細かい設定にすればするほど、別人になれます」

また話の雲行きが怪しくなっていくので、桃芳はスプーンでグラスを叩いた。

「ふたりとも、オレの話聞いてた？　こっちの世界に足を踏み入れんな」

「それは桃ちゃん次第ね。桃ちゃんが危ないって思ったら、たとえ火の中水の中よ」

大雅にウインクされて、桃芳はカウンターに突っ伏した。

「頑固か」

令和の探偵はコンプライアンス重視だ。

危ないことなんて、ときどきしかない。町の人々のためにカラダを張っても、命は張らない……ようにしよう。

腕時計を見ると、十一時半になろうかとしていた。

「紅、お前はもう東雲の実家に帰れ」

「おれ、ふくろう荘で新年を迎えます」

「ダメだ。家族団らんで新年を迎えられるうちは、家族と迎えろって」

世の中には、さまざまな事情でそれがしたくてもできない人がいっぱいいる。

「ふくろう荘で天満お兄さんと団らんすればいいんじゃないんですか？」

「は？」

桃芳は起き上がって紅を正面から見た。

「おせち料理作ってありますし」

「ちょいちょい、もう一回言って」

「おせち料理作ってありますし」

「その前」

「ふくろう荘で天満おじさんと団らんすればいいんじゃないんですか？」

「違う！　さっきはお兄さんだった！」

こんな調子のハシビロコウくんとふたりで果たして団らんできるのかは疑問だが、ひとりでいるよりは、ふくろう荘があたたかいかもしれない。

「桃ちゃん、せっかくだから、今年は紅ちゃん連れて除夜《じょや》の鐘撞《つ》きに行って来なさいよ。あたしはここで、お雑煮作って待ってるわ」

「え、除夜の鐘、撞けるんですか？」

大雅の提案に、珍しく紅が前のめりになって食い付いた。

「ええ、すぐそこのお寺さんでね」

「そうですか」

紅が死んだ魚のような目で、桃芳を見た。相変わらず表情筋は動かないが、表情がないだけで感情がないわけではないらしいことは、なんとなくわかるようになってきた。

「何よ、引率しろっての？」

「別に、すぐそこならひとりで行けますし」

はいはい、引率してほしいのね。

紅がカムパネルラを出て行こうとするので、渋々、桃芳も立ち上がった。自分もたいがいお節介焼きだ。

そして、店の入り口近くに目が向き、間違い探しのような変化に気付く。

「ああっ、依頼の目印のふくろうの置物がハシビロコウのぬいぐるみになってる!?」

「そのぬいぐるみ、天満お兄さんへの誕生日プレゼントです。七日に三十二歳のおじさんになるお祝いです」

「こんなのハードボイルドじゃない」

桃芳に言われて、紅が小さく笑った。

「当方、ハードボイルドな探偵ではありません」

※この作品はフィクションです。実在の人物・団体・事件などにはいっさい関係ありません。

集英社オレンジ文庫をお買い上げいただき、ありがとうございます。
ご意見・ご感想をお待ちしております。

● あて先
〒101-8050　東京都千代田区一ツ橋2-5-10
集英社オレンジ文庫編集部 気付
かたやま和華先生

探偵はときどきハードボイルド

集英社
オレンジ文庫

2021年1月25日　第1刷発行

著　者　かたやま和華
発行者　北畠輝幸
発行所　株式会社集英社
〒101-8050東京都千代田区一ツ橋2-5-10
電話【編集部】03-3230-6352
【読者係】03-3230-6080
【販売部】03-3230-6393（書店専用）
印刷所　図書印刷株式会社

※定価はカバーに表示してあります

ISBN 978-4-08-680365-6 C0193